ゆきてかえらぬ

HarUmi SetouChi

瀬戸内晴美

P+D BOOKS
小学館

目次

ゆきてかえらぬ——5
三鷹下連雀《しもれんじやく》——59
霧の花　夢二秘帖——105
春への旅——151
鴛鴦——175
あとがき——224

ゆきてかえらぬ

昭和三十八年の夏のはじめだった。さる放送局のラジオのポピュラーな茶の間向け番組が、私の郷里の徳島市で公開録音されることになり、同市の出身者だということから、ゲストとして招かれ、帰郷した際であった。長年続いて来たその番組には、レギュラーとして著名な老俳優や音楽家やジャーナリストが出演していて、私も彼等と東京駅から郷里への旅を同行した。旅の機会の多い彼等は、かえって空路を嫌うらしく、その時も最も遠廻りなコースが選ばれていて、山陽線廻りで瀬戸内海を渡り、四国入りという旅程であった。退屈な長い旅路の時間つぶしの雑談の中に、ひとりの名前が浮んできた。

「徳島といえば、薩摩治郎八《じろはち》がいるんじゃなかったのかね」

「いるんだよ」

「へえ、治郎八があんなところにいるんだって?」

「ああ、数年前からあそこで寝たっきりなんだ」

「まだ生きてたのかい、あれ」

「ひどいんだそうだよ、今の暮し。ぼくは何とか時間をみつけて見舞ってやるつもりなんだ」

「徳島の人間だったかね」

「いや、女房の里にいるらしい」

そんな会話が列車が岡山に着く前あたりから始められ、ひとしきり、その変った名前の未知の人物のことが私の横で話題にされていた。同行者は四十歳になった私が子供扱いされるほどの高齢者が多いため、その古風な名前の響きが何となく似つかわしい。それまで全く聞いたこともなかったその名が、度々耳に入ってくるうちに、芸名かペンネームのような印象で私の耳にも馴染んできた。すると、どこかで、聞いたことや見たことがあるような感じさえ、かすかにしてくるのだった。

「あんた、知らない？　薩摩のこと」

会話は、さっきからぼんやりした表情で話の外にいる私にも向けられてきた。知らないと答えると、彼等は口々に、その人物について私に語ってくれようとする。その場では私以外のすべての人が識《し》っているらしい人物の説明は、めいめいが口にすればするほど、かえって断片的で、印象が混乱する。たまたま列車が岡山に着き、乗りかえで話がとぎれるまでに、私が得た薩摩治郎八なる人物の知識は、「実に面白い人物」「けた外れの大富豪だった男」「パリでありったけの財産を使い果した男」という程度のことだった。

パリと、ちょん髷《まげ》でもつけていそうな名前の対照が印象に残った以外は、私にはさして興味のひかれる人物でも、縁のありそうな人柄でもないように思われた。

徳島での私たちの短い役目が終った宵、自由行動から帰ってきた各人が料亭での会食の席で顔をあわせたとたん、一行の中で二番目に高齢の老音楽家が

「行って来たよ、薩摩のとこ」

と口にした。郊外の名人人形師の許を訪れたり、郷土史家に逢ってきたりしていた他の人々

も、各自の客膳の前からいっせいに老音楽家の方に顔をむけた。肉の薄い顔に暗い表情を浮べて、音楽家は、病人が思ったよりよさそうに見えたこと、細君の里の炭屋の二階に寝ていて、全く零落しきっていたこと、音楽家の思いがけない訪問に涙を浮べて喜んだことなどを、いく分詠嘆的な口調で語った。

「あの一世の栄華を極めた男がねえ」

「老残だな」

もう人生の旅路をほとんどたどりつくしたように見える老人たちの、その場の口調には、言外にこめられた感慨の重さがあって、私もようやくその人の話題にひきこまれそうになった。しかしまた、その時、賑やかにあらわれた華やかな妓たちの、浮きたつ雰囲気で、たちまちその沈んだ話題はかき消されていった。

それっきり、私はその人のことを思いだす機《おり》もなかった。

二年あまりがすぎた。私は旅先のパリで偶然のことから加藤氏という画家の夫妻と識り合った。大学出で競輪の選手をしていたという変った経歴の持主のその画家は、スピードと動きが画面の中から躍り出てきそうな、不思議な新鮮な絵を描いていた。精悍な鳥禽類を聯想させる鋭い目と引きしまった軀つきの中に、彼の過去が匂っている。ふと、自転車競技の美しさを語りだすと、画家の口調が異常な熱を帯びてきた。

青木繁の描く女に似た顔と軀つきをした画家の夫人は、東大仏文出の才媛で、画家の横から、画家よりもっと熱っぽい口調で自転車競技の醍醐味について話しだす。

パリのさわやかな五月の夜、煌々と輝きわたるライトに照らしだされ、真緑の芝生が月夜の海原のようにひろがる競技場の美しさ。沙漠のような静寂、鬪魚のように優雅な自転車の銀輪の輝きとスピードの流れ。

「四次元の世界なのよ。あの美しさをどうしたってあなたに見せてあげなくちゃあ」

自分の味わった感動を正確に伝えようとして、言葉の足りなさをもどかしがり、息をつめて、目のふちを酔いにうるんだように赤らめた夫人が、その時、画家を見かえった。

「そうそう、薩摩さんはたしかこちらのお郷里《くに》にいらっしゃるんじゃなくって」

私は軽い愕《おどろ》きをむきだしにして聞いた。

「薩摩治郎八さん?」

「ええ、そう、自転車で思いだしたんだけど、薩摩さんと自転車競技を結びつけたのは加藤で、パリと加藤を結びつけてくれたのは薩摩さんなんですもの」

私は三年前の故郷への旅を、思いがけない場所と時にありあり思い浮べた。中風で何年も寝たっきりの病みさらばえた零落の薄穢《ぎたな》い老人の幻影が、見てきたように目に浮ぶ。彼の住んでいる徳島の山沿いの細長い佐古町——昔ながらのせまい道幅の旧道の両側に、低く傾きかかった軒を並べた暗い家々——炭俵や煉炭が雑然と積み並べられた埃っぽい炭屋の土間、煤けて黒光りした天井や店の柱、大人の頭がつかえそうな低い二階の格子戸から洩れる縞目の鈍い陽光、その光りの中の、見るからに綿の堅そうな木綿のせんべい蒲団、そばがらの萎えしぼんだ汚れたくくり枕――私の遠い記憶の中にある故郷の町並みや家や、目にしたことのある貧しさの表情が描きだした幻影だった。洗いざらしの金巾《かなきん》の衿あてをつけた格子模様の掛蒲団をこんもり持ち上げる力もないほど病み衰えた老人と、華やかで典雅で、最も近代的な知的競技だと、加藤夫妻が激賞するモダンな自転車競技というものがとっさに結びつかなくて、私はとまどっていた。

二十余年前に故郷を出ている私には、今でもやはり、故郷を瞼に描くと、戦前の、自分の育った旧い鄙びた城下町の姿でしか浮んで来ない。徳島は戦災を受けており、一夜で町の九割は焼きつくされ、戦後の徳島にはもう全く昔の俤《おもかげ》はなくなっている。復興が格別遅れたかわりに、同じ夜、同時に戦災を受けた四国の他のどの町よりも、思いきった区劃整理を断行し、道路が広く、町全体が近代化して、面目を一新し、よみがえっていた。その新しい故郷の町へ、私は戦後幾度か帰っていた。にもかかわらず、十八の年までそこに暮した旧い徳島の町の俤が、頑固に記憶の中にとりついているのだった。

パリで結婚した加藤夫人は私同様、薩摩なる人物に面識がなかった。

「でも、度々主人あてに徳島からお手紙下さるし、その文面が、せつないほどパリに恋いこがれていらっしゃる感じだから、何だか、他人のように思えなくなってしまったの。毎回、来年何月何日は、船便でパリを訪れますって書いていらっしゃるのよ。それが、ここ二、三年来いつもなの。お手紙をみると、その計画が本当に今にも実現しそうに書いていらっしゃる。それに必ず、パリ到着の日付が入ってるんですもの」

夫人のその話が私を捕えた。もう数年来、中風で寝たっきりの筈の老残の病人が綴る夢のような願望の切なさが、たまたま旅愁の身に沁みはじめていたその時の私の感傷に媚びるようであった。私は次第に熱心な聞き手になって、知らなかった薩摩氏の往年のパリの栄華の話に耳を傾けていた。

シャイヨー宮の華麗な噴水の虹を、はるかに見下す高級アパートの六階が彼等の住居だった。窓の下には、パリの街衢《がいく》の屋根が波うちながら地平の涯まではるばると広がっていた。

そのアパートのすぐ真向いに、道路ひとつへだてて、灰色にくすんだ昔ながらの、ユトリロ調の建物が見える。その窓の一つでは、白いボンネットをかぶった老婆が飴色の猫を大きなエプロンの膝にのせたまま背をまるめ、祈るような姿勢で居眠りしている。そのとなりの窓では、若い肥った女がセーターの袖を勢いよくたくしあげ、ばら色の腕に力をこめて、アイロンかけに余念もない。ぬいだ上衣を椅子の背にかけたまま、熱心にセロを弾いている男もあるかと思うと、せまいテラスの、黒レースのような唐草模様の鉄柵にとりすがって、隣どうしの子供が、二人せいいっぱいに上体をよせあい、軀じゅうをことばにして話しあっているのも見える。そうしたつつましい生活の滲みでた光景を背景にしながら、夫妻の話を聞いていると、薩摩治郎八なる人物のけた外れのロマネスクな栄華物語が、いっそうこの世のものとも思えなくなってくるのだった。

その日、私は加藤夫妻から、薩摩治郎八著『せしぼん』という青紫の表紙の本を借りて帰った。昭和三十年に発行されているその小型の本は、「半生の夢」という追懐的自叙伝と「せしぼん」「ロマンティストの花束」という女性遍歴を主題の随筆から成り立っていた。

堀口大学が序文を寄せており
「閑院宮《かんいんのみや》、西園寺公の昔は知らない。

僕の同時代人の中では、薩摩治郎八君が僕の知る限り、ヨーロッパの社交生活に、長期に渡って一番派手に金を使い続けた日本人だ。M侯爵夫妻のロンドン、パリに於ける大使館づき武官としての生活は随分華やかだった。だがこれは期間が短かった。H侯爵と実業家のM氏も随分金を使われたが、これは美術品の蒐集に使ったので、純粋の消費とは言えまい。一種の投資だから。ところが薩摩君のは、只なんとなく使ったのだ。ヨーロッパの社交生活を楽しむために使ったのだ。自分も楽しみ、人を楽しませる以外の目的なしに只何となく使ったのだ。この点に僕は感心する。それも三十年の長きに亘ってだ。」

というような文章ではじまり、治郎八がまだ十五歳の少年時代「女臭」と題した三百枚の小説を書き、その頃私淑していた水上滝太郎に見せたところ、水上滝太郎はそれを読み終って、その早熟ぶりに驚嘆して

「君がせめて二十五歳になっていたらいざ知らず、現在これをどこに発表しても、誰もこれを君の作だとは信じてくれないだろう」

といって発表を見合わせるように原稿を返した。治郎八は崇拝する水上滝太郎にさえ推薦してもらえないことを悲観して、その原稿を家に帰るなり焼き捨ててしまった。内容は男色を扱ったもので、女臭という題名は稚児の体臭に由来していたというエピソードを挙げ

「惜しいことをしたものだ。水上氏は知っていたであろうか、この時ともすれば、自分が日本に生れたレーモン・ラディゲを、雙葉の時に摘みすててしまったかも知れないと」

と感想を述べている。その後、小説を断念した少年は堀口大学の『パンの笛』『月光のピエロ』に刺戟され短歌と詩に文学趣味を発散する途をもとめ、歌集『銀絲集』、詩集『白銀の騎士』を遺した。『銀絲集』の寄贈を受けた与謝野晶子が長文の礼状をよせ

「堀口大学は子のように思っている私の歌の弟子だから、その大学に私淑するあなたは、今後私の孫とも思いましょう。勉強して下さい」

というようなことばを送ったという挿話も加えて堀口大学の序文は結ばれている。

明治三十四年生れの治郎八が五十歳をこえて書いたこの書物の文章は、詩人の文章の持つ浪漫的香気は少く、むしろ常識的な平俗な文章であった。けれども描かれた生活は破格の浪漫的夢想に支えられた、絢爛豪華な絵巻物であった。

「『治郎チャン、君は何になる、大きな商船掻き集め……』

私の幼年時代、母方杉村家の大庭園の大池でボートを漕ぎながら、当時、高商の学生だった叔父が勇壮な声で唄ったのをいまだに憶えている。隅田川と神田川の交流点にある、一万数千坪の旧大名屋敷のこの大池には、東京湾の満潮に乗って無数の魚が流れこんで来たが、私はこの水のうえで、幼い子供心に大海に浮んだ大汽船を夢想し、想いを世界にはせたものである。というのも日頃、明治実業界毛織物工業の創始者であった母方の祖父と綿業王と称された父方の祖父の英姿に親しんでいた私にとって、この世界はあらゆる冒険と英雄的行為に満ちた楽土であったからである。

駿河台の自邸は、一町あまりもある石垣に囲まれた大名門のある大邸宅で、老木鬱蒼と茂り夜番の老爺は未だチョン髷の所有者だった。庭内の稲荷山には大きな狸が巣を喰っていて、暗夜女中部屋の鉄格子の窓から大入道に化けて出現し、女中達の悲鳴に、老執事までが腰を抜かすといったような浪漫的な雰囲気の中で、私は『坊っちゃん』としてあらゆる我儘と勝手な空想を恣《ほしいまま》にして育った。」

神田区駿河台北甲賀町に位した薩摩家の本宅に生れた少年治郎八が物心ついた時は、祖父初代薩摩治郎兵衛が一代で起した事業は最盛期を迎えていた。田所町の本店の外、堀留町と横浜南仲通に支店を構え、本業の和洋綿糸販売はもちろん、横浜支店では洋物雑貨の販売を始め、外国商館と盛大な取引を始めていた。

近江犬上郡四十九院村の極貧の農家に身を興した、所謂近江商人の典型的人物だった初代治郎兵衛は、明治初年既に海外貿易に着眼するだけの進取の気象を抱いている。日本で最初に避雷針を屋上にとりつけたり、ゴム輪の人力車を試用したり、駿河台の自邸の西洋館披露式には、海軍の軍楽隊を招いて知名の在留外人を招待し、共にワルツを舞うという新しがり屋でもあった。

治郎八の父二代目治郎兵衛の時代になると、こうしたいきいきした創業の商家的活気は早くも一掃され、事業は殆ど初代からいる番頭たちの手にまかされていた。二代治郎兵衛は専ら、金にあかした趣味的生活に没頭するという家風に移っている。蘭の栽培と洋書の蒐集に凝った二代目は、イギリス風花壇のある本邸の庭園に大温室を設計し、熱帯植物と蘭科植物を茂らせ、九〇六号のビュイックを購入する一方、古美術にも興味を示し、書画骨董の蒐集購入に明け暮れていた。この頃には京都の南禅寺をはじめ大磯や箱根にも宏壮な別荘を持っていた。殊に大磯の別荘は、伊藤博文が老母の為に建てた流水園清琴亭を、二代治郎兵衛が買需《かいもと》めたといういわくつきのものだった。

こうした恵まれた華やかな耽美的環境の中で育った三代目の治郎八は、早くから文学に憧れ、生来の浪漫的気質をいやが上にも助長させていったらしい。ワーズワースやシェレーへの傾倒からイギリスへ夢が走り、一九一八年、十八歳には国内脱出を企て、同年クリスマスイヴにはすでに憧れのロンドンへ到着している。

ロンドン仕立の最新流行の洋服に山高帽子、金口のステッキを小脇にかいこむという一分のすきもない英国紳士スタイルがようやく身につく頃は、デムラーの自家用車を、薩摩家の定紋揚羽蝶を金糸で刺繍した制帽をかぶらせた英国人のお抱え運転手に運転させ、ボンド街の一流美術店や劇場通いに寧日ない有様だった。故国からは、番頭の手で月々、当時の金で一万円に近い生活費を送ってくる外、急の臨時支出も文句なく認めてくる。東洋の貴公子然とした少年治郎八は、費いきれない金を自由にし、あらゆる青春の快楽を享受しはじめていた。故国へは経済学の勉強をしているという名目をたてているものの、治郎八の探求は専ら美と快楽にかぎられていた。

ロンドン時代から屢々《しばしば》ドーヴァ海峡をこえパリに遊んでいた治郎八は、自分の生来の浪漫的芸術気分に最もふさわしく、欲望を満足させてくれるのはパリの空気と風物と女たちだということを直感する。

一九二〇年の春のはじめ、ロンドン生活に別れをつげ、パリに移り住んだ日は、たまたまミカレームの祭日に当っていた。グラン・ブルヴァールを、選ばれた「マドモアゼル・パリ」を載せた花車が群衆にとりまかれ牽かれていく。花々の中から、「マドモアゼル・パリ」は、群集に向ってしきりに微笑とキッスを投げかけ、彼女たちには七彩のテープと紙吹雪がふりそそぐ。町中をあげてのお祭り騒ぎが、まるで自分のパリ移住の歓迎会のように思われ、治郎八は群集の中で幸福なパリ生活への予感に胸をふくらませていた。

社交界では前田侯爵夫妻、一条公爵夫妻、石井子爵、若手外交官の芦田均夫妻、沢田節蔵夫

妻等が華やいでいる中にも、芦田夫人の典雅な美しさが東洋的美女の代表として、一身に人気を集めている。ロンドンの一流社交界で流行紳士たちの仲間入りをし、もうすっかり洗練されていた治郎八の、甘い美貌と優雅な物腰は、東洋の貴公子の代表として芦田夫人と雙璧の人気を、たちまちパリ社交界で獲得していった。

華やかな社交界よりも、パリで若い治郎八の心を捕えたのは、モンパルナッスやモンマルトル界隈の、青春の情熱と自由と昏迷が煮えたぎったような坩堝《るつぼ》の熱と輝きだった。

社交界から遠ざかった治郎八は、パッシー区の片隅に身をかくすようにして、パリジェンヌのモデル女を相手に彫刻を手がけてみたり、劇場通い、展覧会通いに日を消し、貧乏絵描きや貧乏音楽家と好んでつき合うようになっていた。金と暇と美貌と健康をかね具えた青年の青春はけだるいほどの快楽と幸福にとっぷりと全身をひたしている。伯爵夫人、女優、モデル女、お針子、モンマルトルの裸の踊り子たち……チャンスとウィンクだけであらゆる種類の女が治郎八の腕に倒れこんできた。

一九二四年、数え年二十四歳の治郎八の一年は、目まぐるしいほど多彩だった。

マロニエの葉が緑を深めてきた春の終り、凱旋門に近いP伯爵夫人のサロンで見そめた可憐な美少女とたちまち激しい恋におちていった。少女はマリー・ローランサンが理想的モデルだと可愛がっている娘で、おませな文学少女だった。ベッドの中でもロンサールを語り、ルイズ・ラベを愛誦する。彼女の好む恋の舞台はヴェルサイユ宮殿の奥庭だった。十八世紀の王朝時代、マリー・アントワネットをはじめ、宮殿の美姫たちが、秘密の恋を囁いた木だちや草むらや噴水の蔭や、田舎風の小舎の中が、そのままふたりの恋のかくれ家になった。

夏は南仏イエールに舞台を移してゆく。青春の放浪もここに終止符をうつかと思われた激しい情熱の夏がすぎると、秋のパリでは思いがけない事件が待ちうけていた。

ある日治郎八は何気なくのぞいたモンマルトルの安劇場で、ふとまた新しい踊り子を見染めてしまった。モデル女の知的で小粋な魅力とは対照的な、野性そのものの情熱がふきつけるような女だった。サラ・ベルナールに可愛がられ、女優としても芽の出はじめた女は、すでにB侯爵の囲い者になっていたのに、治郎八との恋にとめどもなく溺れこんでくる。あげく、治郎八はB侯爵から決闘を申しこまれるというはめにまで追いこまれていった。

ヴェルサイユ宮殿に近いヴィルダブレの古池の畔にあるB侯爵の庭園で、型通りの介添につきそわれ、白い手袋を投げあっての古風な決闘が行われた。一瞬の差で治郎八のピストルの弾がB侯爵の右手をかすめ、侯爵が武器を取り落すという形でこの決闘劇の幕はあっけなく閉じられた。面子を失った侯爵はパリを去って旧領地のブルターニュの古城へ引きこもり、踊り子は治郎八の後を追ってカンヌの海岸で命がけの恋に燃えさかる。二人の美女との華やかで目まぐるしい情事に彩られたその年も暮れ、故国を出て七年目に、はじめて治郎八は帰国の途についている。パリを発ったのはクリスマスもま近にせまった十二月十三日のことだった。

翌日の朝、シャンゼリゼに近いホテル・ブルガンデイの私を、画家の加藤氏が自分の車で誘いだしに来てくれた。

「お休みになれましたか」

という型通りの挨拶の後で、加藤氏はよく光る眼を和ませ
「お読みになりましたか」

と、窺うようにいった。

「ええ、ええ、何て生活をした人でしょうね。もう呆れてしまって」

「よき時代の夢のような暮しですよ。それで残っているのが日本館だけなんですからね」

加藤氏はホテルの前にとめてある車に私を案内するまでつぶやいていた。

昨日、別れる時の約束で、その日、今話に出た日本館を見学に出かけることになっていた。一名薩摩館とも呼ばれるその建物はパリ大学都市の中に建っている。

大学都市とはパリ市の南、モンスリー公園の外にあって、旧城壁の跡に当る地域に造られている町の称である。パリのフランス人学生は勿論、パリに住む各国の留学生達に、衛生的で廉価な住居と食事を提供し、同市内に住む各国の学生の共同生活によって、互いの知識と友情を交換させる便宜をはかろうという目的で創られたという。大学都市の中にはフランス、カナダ、ベルギー、アルゼンチン、日本、アメリカ、イギリス、オランダ、スエーデン、デンマーク、スペイン、チェッコスロヴァキア、印度支那等々、ほとんど全世界の国々の学生館が散在して

おり、都市の行政は歴代都市総裁に属する中央機関が管掌している。そもそもの起りは一九二一年、フランス政府が二十八ヘクタールの都市面積の土地を無償譲渡し、フランス人の特志家、ドウイッチ・ド・ラ・モルトの寄附資金で、一九二五年七月、はじめてフランス学生館が建設されたのが、さきがけだった。その後、アメリカのジョン・ロックフェラーが一九二八年にパリ大学都市中央機関完成費として二百万弗を寄附している。

日本館も、大学都市加入を申し込み、駐仏大使によって調印したものの、実現の段階になると、たちまち莫大な資金の調達で行きづまってしまった。

ある日、西園寺公望の秘書松岡新一郎と外務省の欧米局長広田弘毅が駿河台の薩摩邸を訪れて来た。要件は、パリの日本館を薩摩家の寄附金によって建設の実現に運べないだろうかという内々の相談だった。

牧野伸顕と西園寺公望の特別の鞭撻もあって、二十五歳の薩摩治郎八が、この国際的文化的大事業の完遂の当面の責任者に当てられてしまった。相談され、委託されたといえば態はいいけれども、要するに、莫大な寄附金を薩摩家の私財めあてに押しつけられたことであった。

これ以前、治郎八は一九二四年の暮帰国した際、既に一つの文化的事業を手がけている。それまで我国には音楽といえばドイツ古典、浪漫派作品しか入っていなかったところへ、治郎八はフランス政府の委嘱を受け、本邦最初のラヴェルの演奏家のピアニスト、アンリ・ジルマルシェックスの招致を実現したのである。

大正十四年十月十日土曜日の第一演奏日から、十一月一日、日曜日の第六演奏日まで、各土、日を定め、前後六回の演奏会が催された。

会場は帝国ホテル演芸場で、会員券は六回分が、三百円（ボックス五人詰）、四十円、十九円、十円、一回分が、七十二円（ボックス五人詰）、八円、四円、二円という、当時としては破格に高価なものであった。治郎八が制作したA4判のプログラムも、一冊一円の豪華版で、ヨーロッパのどこの一流音楽会に出しても遜色のないものであった。ラヴェルやストラビンスキーをはじめ、ドビュッシー、フォーレ、ルッセル、イベール、プーランク、クラ、ミヨー、アルベニス、ドファラ、バーナー、グーセン、シマノウスキー、バルトオク、シュミット等の、日本には馴染みの薄い近代音楽家の本邦初演奏という曲名が多く、古代音楽フランシスク、ラモー、リュリー、ダッカン、クープラン、スカルラッティ、ロシュ、パーセル等の初演奏曲も入り、日本人には馴染みのあるモツァルト、バッハ、ベートーヴェン、ブラームス、ショパン、シューマン、リスト、フランク、グリーク、サンサーンス等の曲目も添えてあるという多彩な演出ぶりであった。皇后陛下の御前演奏の御下命もあるというほど、この演奏会は日本楽壇に刺戟と感銘を与えている。

この演奏会の実績も、元を質せば、治郎八が、パリで金に糸目をつけず、ラヴェルたちの音楽グループと交際していた賜であり、二代目治郎兵衛が資金的に全面的な援助を惜しまなかったからこそ実現させ得たものであった。

いずれにしろ、この文化事業を成功させたという実績が弱冠二十五歳の青年治郎八に、日本館建設の責任をゆだねても不自然でないだけの、貫禄をつけさせたのだろう。

一九二七年、昭和二年十月十二日、パリの大学都市で日本館は折から滞欧中の李王殿下夫妻の台臨を仰ぎ、盛大な定礎式が行われた。当時の大学都市総裁であり、前文部大臣だったオノラ上院議員もこの式に参列していた。爾来、治郎八は精神上の父としてオノラと、その死に至るまで三十年の深い交友を続けている。

その日から二年後の、一九二九年、昭和四年五月十日、日本館の開館式が挙行された。

パリの中心地から車で約三十分の大学都市に私たちが着いたのは丁度お昼頃であった。東京に匹敵するほど、車があふれ、排気ガスの充満しているパリの中心地から来ると、樹木の多い大自然の広大な庭園に見える大学都市のそのあたりは、空気まで甘くしなやかで、陽光も澄み、木々の葉末に雫のようにきらめきあふれていた。

よく見ると、それぞれにその国の建築様式の特徴を備えているけれど、私たち東洋人の目には、一見、同じ「西洋館」としか映らない殺風景な外観の外国の学生会館が、深い木立や、刈りこまれた芝生を背景に散在している。ばらばらに、充分のゆとりを持って建てられているせいか、それらの建物は、樹立や垣根の上に、肩肘をいからせたり、背のびしてみせているような一瞬の印象がするのもおかしかった。行手の道の左側に、それらとは全くちがった建物が見えた。とっさにうけた印象は、その建物は坐っているという感じであった。立っているのでもうずくまっているのでもなく、どっしりと腰を張り正座している感じなのだ。それが日本館だった。よく見ると六階建なのだが、三つの棟が重なりあって、日本の城のように上層にゆくほど狭くなっている設計が、建物を坐っているように見せるのだと納得する。豆腐型やカステラ型の他国の建築物の中にあると、一目でそれは東洋的異国情趣にあふれていた。

建物のまわりは日本式の植込で飾られ、殊に桜の大樹が鬱蒼と枝をのばし、やや黄ばみはじめた葉を重ねているのが目についた。何度も塗り替えたらしい壁の黄土色は、安っぽい感じがする。今になると、焼け残りの田舎町の町一番の旅館といったような、野暮ったい風情がないでもない。

設計は作家ヴィクトリアン・サルドウの長男ピエール・サルドウのもので、前庭は在留邦人の篠原という庭師の設計だという。家具はシュミット商会の調製によっている。

玄関を入ると、外観の日本の城のような印象は全くなく、広いのびのびしたサロンにこれもたっぷりした玄関のポーチがすぐつづいていた。サロンの照明はアンリー・ナヴァールのガラス彫刻である。ナヴァールはフランス豪華船イル・ド・フランスを装飾した当時の権威だと、加藤氏が説明してくれる。加藤氏も渡仏した時はこの会館で半年すごしただけに、我が家に帰ったようなくつろいだ和んだ表情になっている。

がらんとしたサロンで、日本人の女子学生がひとりピアノの練習をしていた。この会館は男子のためにしか存在しないと聞かされ、ちょっと意外な感じを受ける。

「アメリカ館なんか、女子寮と男子寮にはじめから分けてあるんですよ。たぶん、あのピアノのお嬢さんも、他の寮にいてピアノだけをひきに来てるんでしょう」

「日本人で他の会館に泊れるんですか」

「女子だけは、女子寮のある国の留学生の試験にパスすればね」

「女子寮も早くここに追加しなければ」

「もう薩摩さんみたいな野方図な人間は出やしませんよ。今の金にしてこれだけで二億円ですからね」

玄関の正面に西園寺公の「礼は教えの基となる」の額があがっていた。

「浴衣がけでスリッパなどという姿でサロンにあらわれるような無礼者が出たら、この額をみせて、昔パリで育った西園寺がこういっていたと教えてやりなさい」

といったとか、伝説つきの額である。磨きこまれた床も壁もたった今、掃除が終ったように整然としている。館長室には羽田館長が、きさくな態度で迎えてくれる。偶然、私は羽田館長と共通の知友がいたことから、初対面だけれど、不躾な訪問も快く許された。館長自身がやはりこの会館の出身者で、もう三十年も昔にここで暮していたのだそうだ。玄関の正面壁面は藤田嗣治の大作で飾られていると、「半生の夢」に記録されていたことを訊すと、羽田館長は
「ああ、あれは今、すっかり傷んでしまって、修理に出してるところです。もう二ヵ月もした

ら帰ってくるでしょう。ここも旧くなって予算はなし、荒れ放題だったんですよ。これでも今、せいぜい手を入れてよくしている状態なのです」

という。ここでも学生のストのある時代だからと、羽田館長は加藤氏をかえりみて

「あなたも館長いじめした口じゃないですか」

「先の館長は学生をいなすということのできない人でしたからね。本気で学生にむかって怒るんだ」

館長室の正面の壁には、二代目治郎兵衛の和服の油絵がかかっており、その横に、六代目菊五郎の若き日の写真そっくりの、治郎八の肖像写真が並んでいた。ふっくらした豊頬に、眉も目もおおらかな秀麗な美男だった。ハイカラーのワイシャツに黒っぽい背広、上半身しか写っていないままに、その写真の治郎八は、青春が匂いたつような鮮かさだ。

「何てきれいな男だったんでしょう」

思わず感嘆の声をあげたら、館長に反対側の壁を指さされた。そこには壁ぎわの小卓の上に、これまたなまじっかな女優など比較にならないほどの女の写真が写真立に入っている。白い服からしなやかな首がのび、丸顔につぶらな瞳が夢みるようにうっとりと見ひらかれている。髪は黒髪を昭和初年にはやったシングルカットの断髪にきりそろえ、その両端が頰にやさしくからんでいた。

「薩摩さんの最初の奥さんです。パリでも美人で有名な人だったそうです」

館長の説明をひきとって加藤氏が
「これ、薩摩さんに聞いた話だけれど、山田英夫伯爵の令嬢の千代子さんという方だそうですね。ぼくが薩摩さんと東京で識りあった戦後は、ずっと富士見高原の療養所に入ってらして、もうとっくに五十をすぎていた筈のその頃でも、この世の人と思えない美しい人だったそうですよ。薩摩さんを見舞いにいったぼくの友人が、しきりにいってました」

秩父宮から懇望されたけれど、千代子夫人の生母が結核で夭逝しているため、山田家で御辞退し、代りに血縁の勢津子姫が嫁がれたのだという。けれども当時からすでに病菌は千代子夫人の胸を冒していたとみえ、結婚後、一年ばかりで、パリで発病している。完全な夫婦生活というものは、ほとんど営むひまもなかったという悲運な夫婦だったらしい。

パリからスイスの療養所に入り、後帰国しては富士見高原に移って、生涯の大方を療養生活に奪われてしまった薄倖な夫人も、一九二九年には新婚の夫に伴なわれ、はじめてハネムーンをかねてパリにおもむき、栄華の限りを尽したのだった。

美しく若い千代子夫人の美を一層完璧にするために、治郎八はパリにつくと早速新妻のための乗用車を購入した。特製のその車は総純銀の瀟洒《しようしや》な胴体で、運転手には純金の揚羽蝶の定紋をつけた銀鼠色の制服を着せた。

カンヌで自動車エレガンス・コンクールの行われた時は、この銀の車に千代子を乗せて出場させた。その日の彼女の服装はリュー・ド・ラ・ペのミランド製で藤紫と銀色のビロードのタイユール、パリ最高のシックと贅を極めたものだった。まつ毛の濃く煙った瞳の大きなおかっぱのマダム・サツマの可憐な容姿と、この華麗で瀟洒な車のとりあわせは、粋を極め、さすがのパリ人の目をも奪った。スエーデン王室やその他の出場者の車を尻目に、マダム・サツマの車が悠々とその日の特別大賞を獲得した。

「あのコンクールの時の、マダム・サツマの自動車はマリー・アントワネットの儀装馬車以来のすばらしさだった」

そんな噂がその後長い間パリの社交界に伝えられ語りつがれていた。

また一九二九年五月十日の日本館の開館式には、大統領、ガストン・ドメルグの一行はじめ、ポアンカレ首相、マロー文相、ドウメール上院議長、オノラ総裁、日仏協会長スワール公使、シャルレチーパリ大学総長等の外、各国大公使や関係者で約一千名が集った。その夜はひきつづき薩摩家の招待で、ホテル・リッツの大食堂に、約三百名の名士を集め祝賀会を開いている。その夜の千代子夫人はポールポアレの最新流行の白黒の夜会服をつけ、ダイヤ、エメラルドのネックレスや腕輪でそれを飾っていた。治郎八自身は特にランバンの男子服部の名カッター、エリクソンの調製した燕尾服を着ていたが、その色は在来の黒ではなく、紺色で、この服がパリ流行界の最初の紺地燕尾服だった。

この頃から、治郎八はバロンと呼ばれはじめている。バロン・サツマと、マダム・サツマの服が、パリ社交界で流行のさきがけをつくるとさえいわれていた。この晩餐会の席で治郎八はオノラ総裁から、オフィシェ・ド・レジオン・ド・ヌール勲章を授与された。

「今は昔の夢である。こんな私の生活ぶりは贅沢だ、虚栄だと世間からは指弾されるであろうが、私としては生活と美を一致させようとした一種の芸術的創造であると考えていた。シャンゼリゼやボア・ド・ブローニュで、この芸術品は人目を驚嘆させ、巴里エレガンスの先端をゆくものだと新聞雑誌にも云われたものである。人生まさに二十八歳、冬は南仏カンヌのホテル・マヂェスチック、夏はドービルのホテル・ノルマンディーと王者も及ばぬ豪華な生活をしたが、それをそしる者はそしれである。仏蘭西で俗に云う Noblesse oblige で、その間に自分の得た国際的知己交友の尊さを思い併せて、私には悔ゆるところは少しもなかったのである。」

昨夜読んだ「半生の夢」の中にあったこんなことばが思いだされるほど、それはあまりに美しい夫婦の俤だった。これまで勝手に抱いていた中風の老人の老残の姿がどうしても重ならない。

日本館の部屋数は六十あり、各階に浴室、大講堂に貴賓室まで揃っている。この建物を建てた人が、生れ故郷でもない四国の片田舎で家もなく病んでいるとは、どういう人生なのだろうか。

「ぼくのところへもしきりに手紙を下さるんですがね。ええ、来年何月何日にパリにつくという文面なんですよ。フランス政府から招待が出るような文面ですが、こちらで聞いてみてもそんな様子はありませんしね。何しろ、けちな国民なんですから、とても――」

館長の話にも、船で訪れるという手紙の文面だという。

加藤氏は、ホッケーフィールドか、ゴルフ場にしたいような芝生のひろがりのある庭や、全館の学生が集る中央食堂や、劇場などを案内してくれながら、薩摩現夫人のことに言及した。

「千代子夫人は、親が決めた奥さんだといってましたが、今の奥さんは薩摩さんが戦後の東京で発見したんですよ。浅草のストリップの踊り子だったんです」

伯爵令嬢からストリッパーへの転向があまりに見事なので、聞いていて笑ってしまった。

加藤氏は、競輪選手を止め、選手会を作って選手たちの権利を守っていた頃、日本の自転車競技をヨーロッパの水準まで一日も早く引きあげたいと考えた。そのためには、ヨーロッパで一番自転車競技の発達しているパリの選手を、日本に招聘するのがいいと思いついた。その時、噂に聞いていた薩摩治郎八なる人物を思い浮べたのだった。当時まだ二十四、五だった加藤氏は、若さの持つ怖さ知らずの大胆さでいきなり薩摩氏を訪れ、フランス選手を招きたいという夢を訴えたのだった。

「薩摩さんをその時選んだのは、全くぼくのカンだけなんです。この人なら、一肌ぬいでくれるかもしれないという……しかしそれ以来、薩摩さんは自転車とすっかり縁が出来てしまって、自転車振興会の仕事に関係されるようになったんです。振興会はいわばぼくたち選手会からみると、利害関係の相反する敵みたいな立場にあるんだけれど、薩摩氏の存在が、緩衝地帯の役目を果してくれるかもしれないと考えて」

加藤氏の見込通り、薩摩氏はそれ以来、自転車振興会に落着くようになった。加藤氏と薩摩氏との出逢いは、かつての薩摩氏とオノラ氏との出逢いのように運命的で、その関係の密接さも同じようになってきた。

神田生れの神田育ち、早くから父を失って育った孤独な加藤氏は、かつての薩摩氏がオノラ氏に精神的父を感じたと同じ感情を抱いた。毎晩のように薩摩氏のお伴で新宿や浅草のストリップ劇場通いをしているうち、この一代の粋人の過去の信じられないほどの絢爛豪華さを識り、無尽蔵に遣いつくした金で裏打ちされた教養や人柄のとりこになっていった。薩摩氏の語るパリの幻がいつのまにか若い加藤氏の憧れを誘い、自転車と共に、物心ついた時から加藤氏を捕えてきた絵を描きたいという憧れが、パリに渡ってみようと思いたたせたのだった。

ほとんど何の目当も知人もないパリへ渡るという冒険も、青春の無謀と情熱が支えてくれる。

「薩摩さんに相談すると、ああ、行っておいでの一言なんですよ。あの人自身、青春には、何不自由ない身の上で、失恋したといっては、外人部隊にころがりこんでみたり、バンコックの奥地へ金鉱発掘の旅に出かけたりしているのですから。あの人の本当の浪費の値打というものを識ったのは、正直いって、ぼくはパリに来てからなんですよ。パリの戦前の文化人や上流社交界の生き残りの中では、まだまだ今でもバロン・サツマの一言は法王のメダルのような霊験と威力を発揮しています。ぼく自身何度もその恩恵を蒙って来ましたから……」

パリの旧い知識人たちが、今でもバロン・サツマの名前に敬意と愛情を惜しまないのは、パリで何億という金を費いはたしたということではなく、戦争当時、すべての日本人がパリを逃げだした頃に、ひとりパリへ帰り、パリにふみとどまり、ナチの手から何人も文化人を救いだしたという事実によるものらしい。

「ドイツと日本が同盟国だという点と、財力にものをいわせることが出来たんでしょうね」

加藤氏の語る薩摩氏の俤というものは、次第に一代の蕩児とか趣味人という枠からはみだし、次第に英雄の風貌さえ加えてくる。

「お郷里にお帰りになったら、ぜひ一度、訪ねてあげて下さい。今いっしょにいる奥さんは、とてもやさしい人ですから。その点安心はしてるんですが、何しろもう、倒れて七年だというし、ぼくがつきあってた戦後は、家も別荘もすべてをなくしていましたからね。生活ですか？上から下まで手当り次第の雑文を書いてられたし、振興会の方からいくらかね……もちろん大した額じゃありません。それにその頃でも原稿料なんか入ると、その場に居あわせる者を何人でもつれて浅草あたりで一晩でつかい果すというやり方でしたからね。貧乏しても生活に格というものを決してくずさない人でした。ストリップの楽屋へゆくのに、好きな踊り子に、バラや蘭を持っていったり……」


空から見る晩秋の徳島の町は、山や川や家々のひとつびとつが、つまみ細工の繻子の花びらのように繊細で、つやつやと光っていた。戦争中に軍がつくっておいた吉野川べりの飛行場の滑走路の横には、一面の芒の原が銀色の穂を出し、到着機のおこす烈風を受けると、根元に鋭利な刃を受けたような潔《いさぎよ》さでいっせいに身を倒してゆく。豊かな穂先だけがそのす速さにとりのこされ、あわただしく互いにぶつかりあい、穂に憩わせていた白銀色の澄明な陽光を、おびただしくふりこぼす。そのため、機は、まるで月夜の海原の波の中に、一気に沈みこんでいくような感じで、着陸するのだった。

パリから帰り、もう二ヵ月近くすぎていた。機会があればとどけてくれと、預かってきた加藤氏の手紙と、薩摩氏の好きだというフランス煙草を気にしながら、旅の疲れで寝こんだりして、私は故郷へ帰る時間が見出せなかったのだ。ようやく二、三日の暇をみいだした時、急に思いたって、帰る気になっていた。外に何の目的もなかった。ただ薩摩氏を見舞うというだけの旅なので、私は身軽でのどかでさえあった。

縁というものは、一度めぐりあい触れあったが最後、妙にねばっこい執拗さで、もっとしっかり結びつこうとでもするように、じりじり身をすりよせてくるものだ。

私は旅から帰って二ヵ月近く、ほとんど人にも逢わず、手当り次第の読書をして暮した。こんな時、無目的に読む書物は、忘れてしまって反古《ほご》同様につっこまれている古雑誌の埃をはらってみたり、近所の小さな古本屋の店先の一山いくらの雑本から、つまみだしてくるようなものがふさわしい。そんな気ままな読書の中で、私は思いがけないほど屡々、薩摩治郎八という著者の随筆や、艶笑コントや、色ざんげ風の記事などにめぐりあってしまうのだった。

考えてみれば、無関心な作者の書いた文章というものは、電車で隣にのりあわせた他人のようなもので、肩と肩、脚と脚が触れていても、顔も見覚えないと同様の無縁さだ。

私はいつかは自分で読んだ形跡のあるらしい文章にさえ、時々お目にかかりながら、もう未知とも思えなくなってきたその人物への知識をいっそうつみ重ねていくのだった。するると、まるで、その人を見舞わないでいることが、不都合な不義理でもおかしているような心の重荷になってきた。

「おついでていいのですよ」

と繰りかえしいって託された加藤氏の土産のパリの煙草は、日本の「新生」なみのちゃちな薄っぺらな青い包装の安煙草だった。

「少ない方がユーモアがあるから」

私の荷になることを気づかって、そんないいわけといっしょに、数もわずか三個だった。

お茶の空罐に防湿剤の小袋といっしょに入れて、それでも私は始終気にしながら、仕事机の横にころがしておいた。罐ごと、その煙草を、ボストンバッグの底に押し入れた時は、やれやれと思う気持の底に、まるで久闊の肉親か、もっとへだてのない旧友でも見舞うような心安さが、薩摩氏に対して生れていた。

飛行場へ出迎えに来ていた甥は、車を町の中へむかって走らせながら

「待ってるよ、とても。おれ、びっくりした。若いんだよ奥さんが。それにすごくフレッシュなんだ」

私は帰ると決めた昨夜、長距離電話で郷里の実家に、前もって薩摩家を見舞いたい旨伝えて

くれるよう、頼んでおいたのだった。

「いくつくらい？」

「さあね、とにかく親子以上ちがうよ。じいさんと孫だよ」

薩摩氏のいる夫人の実家には、まだ電話がひかれてないので、甥は使いに出むき、夫人にも逢ったらしい。彼の話で、思ったより薩摩氏が健康になっていることを知った。

加藤氏のことをなつかしがってはいるが、家には訪ねてほしくないらしいという。私が帰着次第、薩摩氏の方から出むいてくれるというのだった。

「とんでもないわ。そういう失礼なこと出来ないのよ。偉い人なんだから。何しろレジオン・ド・ヌールですからね」

実家に着いてすぐ、もう一度甥に都合を問いにやり、ようやくその日の午後、佐古町の薩摩家を訪ねる運びになった。

私の実家から、その町までは歩いても三十分とかからない。町に出ると、たちまち、私の記憶の中の昔の鄙びた故郷の幻はかき消された。明るい南国の空と陽光がまぶしく、道幅ばかりむやみに広い、落ちつきのない薄手の町が白っぽく広がっている。

道幅の広いせいか、ビルディングや家々の家並びが、押しつぶしたように低く感じられる。

佐古町へ出る途中の山際に昔のままに寺町があった。そこも焼きつくされていて、見覚えのない鉄筋建の異様に巨きな大寺院が聳えていたり、まだ仮普請のまま、コスモスだけを咲き乱れさせ、朽ちた門の傾きかかった貧しげな寺などがつづいている。子供の頃、銀杏を拾いにきた大銀杏も、花時には百千の灯をかかげたようにきらめいた名物の大木蓮の古齢樹も、すべて樹らしい樹はことごとく焼け失せていた。ここでも道がまぶしいほど明るく、塀も寺院の屋根も低くうずくまったように見えるのは、大樹のなくなったせいなのかと、ようやく気づいてくる。文豪モラエスの墓という白い標柱が、斜めになって辛うじて立っている土塀の前に、さしかかった。

そういえば私は、このポルトガル生れの漂泊の文人の墓に一度も参ったことがなかった。

神戸の領事をしたポルトガルの貴族モラエスが徳島生れの女オヨネを召使ううち、その優しさにほだされ、オヨネの故郷の徳島に定住してしまった。オヨネの死後はオヨネの姪のコハルをオヨネの代りに家に入れた。二人とも所謂洋妾である。

白いあごひげをのばして大黒帽をかぶり、綿入れの着物に格子のチャンチャンコを羽織ったアイヌ人のような感じのモラエスの写真は、度々目にしている。モラエスがオヨネやコハルと住んでいたという、暗い小さな四軒長屋の一軒を、せまい伊賀町の片すみに、子供の頃よく見て通った記憶もある。徳島を愛し、徳島の女の情《なさけ》に溺れ、こんな片田舎のわびしい町で死んでいったモラエスの生涯は、隠者の静謐《せいひつ》にみたされていたわけでもなかったようだ。貞淑でおとなしいオヨネとはちがい、孫のように年の若いコハルには、モラエスに仕える前から情夫がいて、モラエスの家に入ってからも、モラエスの目を盗んで男と密かに逢いつづけていた。

道路と墓地を区切る土塀は焼かれたまま修理の跡もなく、半ば朽ち崩れ、塀土は歳月にとけ流れ、芯に積上げられている石肌が肉の落ちた人間の肋骨のようにむきだされている。その石さえ崩れ落ちたところが多く、道から一またぎで墓地へ入れた。雑草が生いしげり墓地の中の路も半ばおおいつくされている。二十年前の空襲の焔の跡をのこしたまま、煤けた墓石が雑然と群っている中に、稜線のかっきりときわだったよそよそしい新墓が方々にぬきんでているのが場ちがいのようにみえる。ここはたしか潮音寺の境内の一部だったと思いだす。

モラエスの墓はそれらの墓の最も奥の、これも半崩れの土塀ぎわにおしよせられたような形で建っていた。ありふれた小さな墓石で、その前に白い標柱でそれと示していなければみすごしてしまいそうであった。

墓石の正面の、艶覚妙照信女と刻んだ文字も、下方はもう読みとれないほど歳月が磨滅させている。斎藤コハル二十三歳大正九年十月六日と側面に刻んだささやかな墓石の下の、後から据えられたと伝わっている不似合に大きな台石に、ウエンセツ・ラ・モラエスの墓、西暦一九二九年一月七日、於徳島市歿と刻まれている。モラエスは自分の目をかすめ、二度まで情夫の子を産んだと伝えられているコハルと死後までも、共に葬るようにと遺言したのであろうか。

モラエスは阿波の辺土に死ぬるまで日本を恋ひぬかなしきまでに

吉井勇にそんな歌があった。この墓も火に嘗められたのだろう。黄色く焔の跡がこびりついているようだった。二人の女に先だたれたモラエスの孤独を死の日まで耐えさせたものは、この小さな侘しい徳島の町の何だったのだろう。浄瑠璃と人形芝居で祖母から母へ、母から娘へ伝えられているオヨネの無償の献身と愛だったのか、それとも、同じ女の血の中に底知れない情欲だけを持ったコハルの、熱い肌の魅力だったのだろうか。あるいはまた、硝子の中にとじこめた支那産の翡翠細工の山水のように、とろりとおだやかな往時の徳島の風景だったことだろうか。モラエスの晩年を思いめぐらせて湧く疑問は、そのまま、これから訪れようとする薩摩治郎八に対しても通じるのだった。

約束の時間がようやくせまっていた。私は寺町の外へ出て車を拾った。乗ったかと思うと、もうその家の前についていた。幻の昔の町と、子供の感覚で覚えこんでいる距離感が、今の私を嘲笑しているようだった。

ここでもまた、私はとまどってしまった。

旧街道だったこの佐古町の本通りは、戦後東側に国道何号線かが走りぬけたおかげで、今は全く旧道然とした佛にくすんでいる。道幅はまだ昔のままの狭さだから、両側には戦後建ちの家がびっしりとすきまもなく立ち並んだ今は、道というより何かのさけ目のような感じがする。

家々は、申しあわせたように日用雑貨の卸し問屋だった。鍋ややかんが真新しい堅そうなハトロン紙に包まれて、とっ手や口だけを包み紙の中からつきだしている店では、金杓子が何十本も柄の先で束ねられ、天井からシャンデリヤのようにいくつもぶらさげられている。そんな店の隣では、スリッパとサンダルの山が今にもなだれ落ちそうな危さでそそり立っている。ウインドウというものがなく、土間から天井までが商品の山というような店々の並ぶせいか、町内全体が細長い大きな一つの倉庫のような感じもうける。M家と薩摩家の二枚の表札を庇の高い軒にかかげたその家も、両隣や向いの家々と同じように、どっしりとした二階建であった。

三年前、見舞いに来た老音楽家が、涙ぐんで伝えていたほど貧しげな家ではない。むしろこの家だけ、道路に面したガラス戸の奥の土間に、商品らしいものもないので、がらんと静かさがよどみ、お寺の玄関にでも立ったような感じがする。この問屋町の、旧道とはいえ、商店街の真中にこれだけの家を構えているということでも、相当な生活の基盤であった。そのくせ、コンクリートで敷きつめた土間のすみに、厚いハトロン袋でくるんだ煉炭の紙袋詰が五つ六つ無造作に投げ出されてあるのが、この家の商売を思いださせるだけで、今はもうしもたや風の静かさしか漂っていない。土間からすぐ床の上った座敷に、小さな子供の甲高いはしゃいだ声がしていた。私のおとないの声を聞いて、すり硝子の障子の上の、す通しのガラスの中に、ひょいと髪の白い黄ばんだ老婆の顔がのぞいた。

「ねえさん、ねえさん、お越しましたでよ」

老婆の声が二階に向ってはりあげられた。

座敷の右外れに、店の土間から奥へ通じる通路が壁に沿ってつづいている。昔の徳島の商店にはよくみかけた設計だった。その通路の奥からのばされて、壁に二本の竹竿が吊りさげられてある。二本ともだんだらに黒く塗られている。国旗掲揚竿だった。

その下に埃をかぶった棕櫚の植木鉢が忘れられたように投げだされてあった。

しばらく待たされた後で、いきなり、せまい通路の入口に、女の顔が目からあらわれた。おかっぱにした若々しい小麦色の顔に白い健康そうな歯が笑っている。ファニイフェイスということばをとっさに思いだす。全身をあらわすと、顔の新鮮さがいっそう輝いた。何の飾りもない赤のワンピースを、軀ひとつで着こなしていた。サンダルをつっかけた素脚の美しさがきわだっている。

「お待たせしました。どうぞ、とても穢いところで」

薩摩夫人だった。改まった大人っぽい挨拶などするとおかしいだろうと思うような、瑞々しい人だ。

細い通路を通りぬけると台所に出る。台所の板の間から階段口がついている。軀を斜めにして、二、三段先に立って二階へ案内してくれる身のこなしがしなやかで、私の目の前にゆれる素脚のなめらかさと形のよさは、身のひきしまった新鮮な魚がはねているように爽やかだ。五本の足の指がぴしっとよりそい、たった今、しめつけていた絹靴をぬいだばかりのようにひきしまっている。

階段を上りきると六畳の部屋だ。表にむかって半間の廊下が沿い、ガラス戸が陽を吸っていた。明るい部屋の中は階段の踊り場に近い壁が床の間になっている。床の間を背にして洋服の男が坐っていた。

「いらっしゃい」

やや甲高く女のような甘いやわらかな声だ。でっぷり肥った初老の男は、禿げあがった頭に豊頬のおだやかな人相をしていた。信じられないほど若々しく見える。色の白い顔は血色がよく、老人しみなどはほとんどうかがえない。

グレイのフラノのズボンに派手なタータンチェックのツイードの上衣を着ている。幅の広い燃え上るような鮮かな赤のネクタイが、清潔なワイシャツの衿首をしめていた。

上衣の左の衿に真紅のボタンのようなレジオン・ド・ヌールの略章がついていた。

床の間の柱を背にゆったりあぐらをくんだ姿は、どこにも病人くささなどのこっていない。いかにも手入れのゆきとどいていそうな皮膚の清潔な感じが、見馴れるにつけ鮮かになってくる。肥っていることが美しく見える初老の紳士だった。紳士ということばを自然に思いださせる雰囲気が、軀から滲みだしていた。

太い頸も、舞台俳優にほしいようなたっぷりと大きな顔も、尋常すぎて印象が薄まるほど整った美しい目鼻立ちも、すべてが巨きく豊かな感じがするのに、どうしてかその軀全体からはたくましさとか、いきいきした活力が滲みでては来ないのだった。

手の甲も脂をしみこませたようになめらかで皺も浮んでいないのに、そこにはようやく老人特有の薄いしみがうっすらと見えていた。節の低い指が、先すぼまりにすんなりのびている。その指には爪のきわまで、むっちりと脂肪がとりまき、指の根もとには娘の掌のようなえくぼがうかびかけている。生涯、肉体労働とは無縁に生きてきた人しか持つことの出来ない、ある傲慢さとひ弱さを、同居させている掌だった。

長命そうな毛足の長い豊かな眉の下の目が、切れ長なのに、つぶらで、可愛らしいという印象をうけるのが最初から私には気になった。

パリの大学都市の日本館でみた、冴え冴えした艶麗な貴公子の写真と、たしかにどこか似通っていながら、そこには全く別人がいるとしか思えなかった。

「本当はこちらに坐ってもらうべきですが、そこの方が眺めがいいですからね」

甲高くて甘い声音は、まつわりつくように聞える。それは病気で言語障害をおこしたのが恢《かい》復《ふく》した名残りなのかもしれなかった。

話す時も聞く時も、まっすぐ相手の目にそそがれるのに、二つの瞳が無性格にみえ、こちらの目ざわりにはならない。涙でうるんだような家畜の、無心で物哀しい目つきと似通っているのにようやく気づく。

床の間にはボーンチャイナアの大きな猫が二匹と、手作りらしいフランス人形が置いてある。ちがい棚にも、縁側の椅子の上にも、それぞれの表情と衣裳はちがっても同じ作り方の人形がおいてある。私の背後の壁には小さな仏壇と、ふとん袋や行李類などが積まれていたようだった。さっき眺めがいいとユーモラスに主人がいったのは、その壁を来客の背にさせる配慮なのだった。

まだ十七、八にしか見えない先客が坐っていた。

「この可愛子ちゃんは、家内のお弟子さんです」

薩摩氏が如才なく少女を紹介する。夫人が階段を身軽にかけ下りたり上ったりしながら、茶道具を運んでくる。

薩摩氏の過去と胸のレジオン・ド・ヌールの意味さえ知らなければ、そこにはおだやかな平安と陽だまりの縁側のようなあかるい暖かさだけがみちあふれていた。

少女が、洋服の出来上る日をたしかめてから辞去していった。隣室にあるらしいミシンを夫人が踏んで、生活のたしになっているのだろう。人形も夫人の作品だということだった。

薩摩氏の書いた文中に、器用でセンスのいい踊り子は、自分のバタフライを手作りするとあったのを思いだす。

秋月ひとみの芸名で、夫人が浅草のA劇場で踊っていたことも、もう私は識っていた。

踊り子時代の秋月ひとみを薩摩氏は、清潔で理智的な、最も魅力的な裸体の持主だと評していた。ひきしまった小さな可愛らしい苺型の乳房を持ち、踊り子の中でもとりわけ美しい脚線を持つ秋月ひとみは、芸熱心で生真面目な踊り子でもあったらしい。

月二回出しものを変える浅草の劇場では、九時の終演後、初日前には二晩つづきの徹夜でソロの踊り子に新しい踊りの振附をする。都合四晩の徹夜は欠かせない猛稽古だった。子供時代からバレーの基礎があった秋月ひとみは、小屋では看板スターだったから、踊りの稽古も真剣だった。

「二晩徹夜でくたくたになって、初日の舞台に出る時は、お相撲さんみたいに、思わずよいしょって、かけ声が出るのよ。そうやって、元気づけて舞台に出ないと倒れそうなんですもの」

そんな彼女の生真面目さが、あらゆる世界中の女たちと、金にあかした遊びを味わいつくした初老の紳士の胸にいじらしく沁みたらしい。

明るい素直な人らしく、物おじしない態度で話の仲間に加わりながら、まるで五十をすぎた女のような気のつき方で、薩摩氏にいたわりをみせている。餅菓子をとりわけながら
「どれがいい？　どれにします？」

「どれでもいいよ。まかせるよ」

「じゃ、このきれいな色のにしましょうね」

ピンク色の梅の花型の菓子がとりわけられると、楊枝でこまかくそれを切りとり、つきさしたものを、はいと、夫の方にさし出している。三、四歳の幼児をあやすようなそんなやさしさと、いたわりと、世話のやき方のしぐさの中に、長かった看病生活の習慣の名残りを見るようだった。

「昭和三十四年の夏、阿波踊りが見たいっていうんではじめていっしょに来たんです。阿波踊りを見てとても喜んで、一度家へ帰って、もう一度ストリップを見るため出かける支度をしていた時、倒れたんです」

その時夫人は階下で実家の人たちと雑談していた。何か二階で物音がしたように思ってふり

仰いだ時、うめき声のようなものが聞えた。

「パパさん……おかしいんじゃないかい」

いわれて、家族と目をみあわせた次の瞬間、もう階段をかけのぼっていた。

二階の部屋の真中に大きな薩摩氏がどっかりと坐りこみ、しきりに手を軀の前で泳がせるようにしている。

「パパ！　どうしたの、ね、どうしたの」

「う、うう……」

声を出そうとするらしいのに声にならない。もどかしそうにあえがせる唇の端からたらりと光って涎《よだれ》が流れた。悲鳴をあげ、夫人は階段口に駈けていった。

「おかあちゃん！　パパが……」

ほんの二、三日の阿波踊り見物のつもりが、発病のため八年も徳島に居ついてしまうとは誰が予期した運命だっただろう。

「急に気分が悪くなって、顔を何かで剪《き》られたような気がしたっていうんです。後でわかったのですけど、手をしきりに胸のところでおよがせていたのは、顔がどうかなったんじゃないかと思って部屋の隅にあった鏡のところへ行こうとしていたんだそうです。とてもおしゃれですから。病気中だって鬚剃りは一日も欠かさせなかったんですよ」

言語障害が伴なったので、療養中は夫人が一時も側を離れることが出来なかった。言葉が出ない時がすぎ、ようやく単語が出るようになった時は、フランス語しか出て来ない。もどかしがって身悶えする病人の軀にとりすがり、夫人の方も身をよじって泣きだしてしまう。

「どうしたらいいの、パパ。日本語忘れたの、日本語思い出してよ。ね、どうしてほしいのよう」

絶対安静の病床につきっきりの歳月はすぎ、ようやく寝たり起きたりの日々を迎えても、とうてい旅の出来る軀にはならなかった。二人で暮していた東京の家をたたむことも、荷物を徳島に送ってもらうことも、一切夫人の友だちまかせだった。

食事から下の世話まで彼女以外の人の手では行えない。その当時は東京から訪れる見舞客も少なくはなく、薩摩氏の昔日の栄華を目の当りにしているパリ時代の知人などは、東京に帰って
「とても惨めでまともにみられなかったよ。薩摩だってあの姿やあの生活を、昔の友人に見せたくはないだろうよ。見舞ってやるのもかえってどうかね……ああなると、全く業だね」

と語りあっていた。

夫人が薩摩氏の病気時代を一貫した変らない態度で看病しつづけることが出来たのは、天性の並外れの優しさや情の深さにもよっただろうけれど、薩摩氏の旧い友人のように、氏の栄華時代を見ることがなかったことが、かえって幸いしたのではないだろうか。

私と同じ母校の卒業生だといっても、若い夫人の卒業時は、すでにもう旧制女学校が高等学校に改まっていた。戦時中の学校で、防空演習と勤労作業ばかりで明け暮れた学校生活に何の楽しい想い出も残っていないといいきる。

終戦後徳島にもバレー研究所が出来ると同時に、通いはじめ、踊っている時だけが楽しかった。踊ってさえいたらどんな苦労があっても生きていられそうな気がして、家を飛びだし、大阪をふりだしに、踊り子生活に入っていった。バレーの基礎があるため、どこでも重宝がられるし、可愛がられるし、学生時代よりはるかに楽しく生き甲斐があった。ストリップが次第に盛んになりかけた頃で、若くて瑞々しい本格的に踊れる踊り子には、毎日のように裸にならないかという交渉や誘いがくる。

「踊りだけでやってかれるんだもの、裸になる必要なんてないわ」

きっぱりはねつけられる強さも、踊りという芸を持っているおかげだと思っていた。

ある夜、いつもの通り、群舞の踊り子たちが一人ずつ消えていって、残された彼女ひとりのソロの舞台になっていた。真赤なライトが舞台を染めあげバンドは情熱的な曲に移っていた。火の精になっている彼女の薄い花びらのような純白のチュチュも、いつのまにか焰の舌のように染め上っている。バンドの情熱的な演奏にあおられ、夢中で踊りつづけていた。突然、潮騒のようなざわめきといっしょに、せまい場内にはぜかえるような拍手が湧き、バンドの音を消していた。はっと思った時、サキソフォンが異様な音をあげ、ドラムがいつもとちがう鳴り方をし、ピアノまで気が狂ったようにわめきだした。客席は暗いけれど舞台下のバンドの席には楽譜読みの為の灯がともっている。一人一人の表情まで読みとれる。気がついた時は、もう手おくれだった。いつのまにかスパンコールのべったり光っていたブラジャーは胸になく、つんもりした可愛らしい乳房がまる裸できょとんととまどっている。舞台の真中に、光るものが渚にうち上げられたくらげのように床にはりついていた。踊りに熱中していて、落ちたことを知らずにいたのだ。恥ずかしさよりとっさにおかしさの方がおへそのあたりをくすぐってくる。面白がってはしゃぎきっているバンドマンたちの表情をみると、笑いをこらえる方が辛かった。いざとってみればどうというものでもなかった。次にふみだす踊りの足で、光るくらげの方へ走りよると、トウシューズの先にす早くひっかけ、思いきり舞台の奥へ投げとばした。その動作で、踊りを乱さなかった快感の方が強かった。

「それでもう、ぬがないってわけにいかなくなっちゃったんです。一度ぬいでしまえば、後はどうってことありませんでしたわ」

大阪から京都、京都から名古屋へと、引きぬかれたり、逃げだしたり、流浪がつづくうち、気がついたら、東京で踊っていた。浅草ののどかさと、庶民的な匂いと、そこはかとなくただよっている哀愁が、自分の踊りに合うのだと思った。恋もしたし、されもした。捨てられもしたし裏切りもした。時はストリップの全盛の波にのっていた。

そんな頃、楽屋へ毎晩のようにやってくる男があった。

五十はとうにすぎていようか。禿げているけれど皮膚は若々しく、いつでも身だしなみがよく、ダンヒルのパイプをくわえている。時々はそばへよってみたいような、いい匂いのする葉巻をふかしていることもある。彼がくると、甘いそそるような匂いがするのはその葉巻のせいかもしれなかった。女の化粧品の香料とはちがう、男の体臭ともちがう、そんな匂いがあって、それが性をそそるような感じのすることも、ひとみははじめて識った。

ストリップ劇場の楽屋に入ってくる男にもさまざまある。ダンスの振附師、演出家、脚本家、バンドマンなんかはいつでも入ってくるし、彼等は裸に見馴れきっていて気にもならない。少し酒が入ると挨拶のように乳房を一撫でする老作曲家もいるけれど、小屋関係の者には、踊り子たちも警戒しない。時々、新聞や雑誌の記者がカメラマンづれで訪れる。浅草の主のようなキヨシと呼ばれている乞食も時々はやってくる。乞食といってもバタヤと乞食の間の子のようで、劇場の掃除をしたり、落し物を拾って自分のものにしたり、踊り子たちの使いをしてやって駄賃をとったりしていた。キヨシなんかは、踊り子は男の中にも数えていない。ファンで楽屋入りを許されるのは少ないし、厚かましく押しかけてくるのは、踊り子の使い古しのツンパやバタフライを欲しがるような手合である。

秋月ひとみの出ていたA劇場の楽屋は、ロック座、フランス座等の畳敷の楽屋とちがって、板の間で、化粧前が椅子式だった。真黒に汚れた床の真中に古道具屋にも見当らないような古風な箱型の赤さびのふいたガスストーブがあるだけだった。裸の踊り子たちは皮膚が鍛錬されていて寒中も寒さはそれほどに感じなくなっている。原色や紫の舞台衣裳が、うち重なって壁という壁にぶらさがっている。それが、部屋を取り囲んでいる三方の鏡のすべてに映っているから、華やかさは幾倍にもなって反射しあい、馴れない人間が一歩ふみいると、いきなり七彩の花束を目に叩きつけられたようなとまどいを覚える。

どの踊り子の化粧前も似たような乱雑さで化粧道具があふれ落ちそうに並んでいる。化粧びんにまじって、水薬のびんや、日本酒の二合びんが立っているところもある。鍋焼の土鍋やチャーシューメンの丼なども のっている。男が入って来ていようがいまいが、出の支度のためにはかまっていられはしなかった。剃りこんだデルタのしげみを、辛うじてかくすだけの一握りのバタフライをつける時は、下ツンひとつになって脚をふんばって開き、両手を股の前と後ろから差し入れて形を整えなければならなかった。

てぐすでつくったバタフライを吊るGストリングは、針金のように肌に喰いこみ、激しい踊りの時はGストずれをおこして皮をすりむき、飛び上るほど痛いめにあう。痛さに泣いている新米の踊り子のGストずれに秋月ひとみはメンソレを塗ってやりながら、鏡の中で、いつもの男の様子をうかがっていた。いつでも年より思いきって派手な洋服を着ている男は、ストーブの横のぼろ椅子にゆったり脚をくみ、まるでわが家の居間にいるような落ちつき様でいる。パイプに時々煙草をつめたり、灰をストーブの皿に落したりするくらいで、後は身動きもしない。

少し頭の足りない、けれども乳房は誰よりも大きな十六の踊り子に、真顔でいっている。

「――ちゃん、腋の毛はすった方がいいですよ。パリのモンマルトルの踊り子たちでも腋毛をのこしておいて魅力のある踊り子なんかせいぜい、一人か二人しかいないんですよ」

「へえん、パリ、パリ、マタパリか」

黒々とした腋をことさら鏡の中にふりあげて、十六の踊り子は赤い造花を髪につける。他の踊り子たちもかえって小気味よさそうな顔で笑っている。男を小屋の支配人や振附師が「先生」と呼ぶのが踊り子たちには不思議なのだ。誰が目あてなのかわからないし、何の先生だかわからない。男はどの踊り子とでも機嫌よく話したがるけれど、男の話はパリだのバンコックだの、アフリカだのが飛びだすから踊り子たちにはついていけない。大風呂敷だということからフロシキさんというかげのニックネームがとうについていた。踊り子たちはみんな犬のような嗅覚を他人に対して持っていて、味方か敵かをとっさに見分けてしまう。踊り子たちの嗅覚からいえばフロシキさんは少なくとも自分たちの側の人間だということはわかっているのだ。それに男が楽屋を好きなのだということは、ここの空気への男のとけこみ方で誰にもわかっていた。だからこそ、大きな肥った男がいても、踊り子たちはほとんどいつでもその存在を忘れていられるのだ。

「そのうちGストだこが出来るようになるのよ。そうなれば、もうすりむけなくなるわ。すぐよ。それでようやく一人前ということよ」

メンソレのあとへシッカロールをはたきこんでやって、秋月ひとみは痛がる踊り子をなぐさめた。こんな世話好きは子供の時からだった。

秋月ひとみがその男に何か声をかけてやらずにはいられなくなるのは、男がいつでもこの楽屋で誰からも理解されず、踊り子たちに正当に扱われていない違和感を覚えるからだった。ひとみ自身にも、男の正体がよくつかめない。薩摩先生と呼ばれる男は作家か画家だろう、くらいにしか詮索する気もおこらない。

「寒くなっちゃったわね」

とか
「するめの足おきらい？」

とかの、意味もないことばをふっと化粧前からふりかえって男にかけてやりたくなる。すると、男は堂々とした大きな軀をゆっくりまわし、つくづくみるとびっくりするほど整った美貌を、まっすぐ秋月ひとみの方にむけてくるのだった。その目があんまり嬉しさをむきだしにするので、この人はよほど淋しいか不幸な人なのかと思ってしまうのだ。いつの頃からともなく、薩摩先生と、踊り子たちが口を揃えて呼ぶころには、誰もが、薩摩先生は、ひとみちゃんがお目あてなんだと公認する気配になっていた。

腕のいい踊り子は、九時の公演後が本当の稼ぎ時だった。キャバレーやクラブを一晩に二場所ぐらい踊ると、小屋の一日の給料より収入が多かった。

秋月ひとみのような看板スターで小屋のギャラは一日オクターヴ（八百円）だけれど、ナイトクラブで踊ればワンステージ二曲でオクターヴくらい出るのだった。

小屋の舞台で踊り終って楽屋へ駈けこんでくる時は、途中の廊下で、届けられたワンタンの鉢をもらって、しずしずすり足で帰ってくるような踊り子もいるけれど、秋月ひとみはいつでも、楽屋へ飛びこむまで、まだ舞台にいるような興奮と緊張のままである。楽屋に入り、自分の化粧前へ腰かけた時、はじめて、ほっとする。するとすぐふわっと部屋着が肩にかかる。治郎八が背後からまちかねていたようにかけてくれるのだった。

「ありがとう」

きちょうめんなひとみは一々お礼を口にしないと気がすまない。もうこの頃では治郎八は楽屋へ入ると、まっすぐ、一番奥の壁ぎわの、ひとみの化粧前の側へ椅子をひっぱっていって、そこに坐るのだった。話もひとみひとりにむかってする。少し甲高い甘い声で、撫でるような話しぶりは、内証ごとを囁いているように見える。

踊りのうまい秋月ひとみには、はねてからの仕事が毎晩のように待っていた。劇場からキャバレーへいそぐひとみの横に、ナイトのように堂々とした治郎八の姿がよりそい、その手に衣裳と化粧品の入ったひとみの茶革のトランクをさげているのを、人々は次第に見馴れてきた。時には、二人が歩き出すとすぐ、どこからともなく乞食のキヨシがあらわれて、治郎八の持ったトランクに手をかける。銀貨がキヨシの手に握らされ、トランクはキヨシの手に移る。キヨシは数歩下って、二人の話の邪魔にならないよう蹤いていく。そうした三人づれの影を見る夜も少なくなかった。

秋月ひとみはいくらか文学少女趣味があった。小学校ではいつでも優等だったし、女学校へ入っても好きな学科はずばぬけて出来た。作文と習字は練習しないのに先天的にうまかった。

踊りは好きだし、浅草も好きだし、踊り子たちの人の好さにはしみじみ心がうるおうけれど、楽屋と自分のアパートとの往復だけの生活の単調さには、次第に倦怠も覚えはじめていた。

林芙美子が好きで読みあさっている彼女は、自分もその頃日記をつけはじめていた。大学ノートに「踊り子放浪記」と書きこみ、寝る前の時間、丹念に、きれいな字で一日の出来事を書きこんでいく。そのノートがいつのまにか治郎八のことだけで埋まるようになっている。つきあってみた治郎八は、彼女には、全く物語の中から抜けてきたような男だった。林芙美子のように、シベリア鉄道でいつかことことヨーロッパへいってみたいというと

「ヨーロッパは船でいくのにかぎります。飛行機なんかは下司ですよ。ヨーロッパの貴族や金持は、みんな豪華船でゆっくり、船旅をするのです。いつかつれてってあげますよ。昼間はデッキで遊びつかれ、夜は盛装して食堂に出る。男はタキシード、女はイヴニングです。あなたは原色が似合う人だけれどイヴニングは白か銀がいい。白の本当に似合うのには、あなたのような琥珀色の肌の人ですよ」

そんな話を甲高い甘い声で囁かれると、やはり世間というものを踊り子暮しの楽屋しかしらないひとみには、自分が物語のヒロインになっていくような気がするのだった。

秋月ひとみが舞台を退き、薩摩治郎八と同棲をはじめたのは、そうした日が一年ほどつづいた後だった。

「加藤さんが画家になっているなんて、夢のようですわ」

パリの加藤氏からの手紙に目を通し、三個の煙草と私の持っていったフォアグラの罐詰を卓の上に並べながら、夫人は軽いため息をついた。

加藤氏は薩摩氏につれられて楽屋へもよく来たし、葉山へいっしょに泳ぎにいったり、箱根の別荘へ泊りに出かけたりしたこともあった。二人で暮すようになってからも、出入りしていた。年齢的には、むしろ加藤氏の方がふさわしい彼女は、ひとみちゃんから奥さんへと、如才なく呼び方を変えてくれる加藤氏に甘えたりふざけたり、兄妹のようにつきあっていた。行楽にゆく時は、加藤氏は加藤氏で、色の白いおとなしい恋人を必ずいっしょにつれてきた。

その頃の写真があった筈だと、夫人は立って、やがて、大きなカステラの箱にびっしりつまった写真を持ちだしてきた。加藤氏が写したのだという葉山の海辺の写真はすぐみつかった。大きな太鼓腹に、派手な水泳パンツをつけた薩摩氏の横によりそって立った水着姿の夫人は、今服を通して想像していた裸体よりももっとスマートで引きしまった曲線を持っていた。脚の長さと型のよさが日本人放れしていたし、裸の肩から腕への線が清純な色気にあふれていた。

「こんな可愛いベビイワイフを持って幸福ですよ。この子を早くフランスへつれていって、ロワール河のお城めぐりをさせてやりたいんです」

写真の中には、私が日本館でみた薩摩氏と千代子夫人の写真もあった。銀の自動車も、千代子夫人のヴォーグに載ったというイヴニング姿もあった。駿河台の邸の門と、替えタイヤをおなかに二つもくっつけた古風な大正時代の薩摩家の自家用車も写っていた。日本館の定礎式、開館式の写真もあった。パリ一の美人女優の名の高かったエドモンド・ギーと千代子夫人の、女でも目を離せないような美しい写真もある。

ドウヴィルでの避暑、南仏での避寒、パリの仮装舞踏会……。一枚一枚夫人がとりだし並べてゆくのを、この女はだれ、この女はだれと説明する薩摩氏の横で夫人は
「いいのよ、嫉かないから。死んじゃった人に嫉いたってつまらないもの」

ねえと、私に可愛らしく首をかしげてみせる夫人の若さにはっとした。写真の中の美女たちは、もうすべてがこの世にはいないのだ。ふっと、床を背にして、レジオン・ド・ヌールの略章を胸にかけ、半眼で坐ってさっきから夫人の指が並べてゆく写真に見るともなく目を注いでいる目の前の人が、幻のように見えてくる。写真の中の、今はもうない美女たちの群と共にこの人自身も本当の姿はかき消え、ここにあるのは可愛いベビイドオルの見果てぬ夢のため、幻の姿を借りて顕れている幽霊ではないだろうか——一瞬、目の前からすべての華やかな写真がかき消え、だだっ広い、無限に広い灰色の沙漠の奇怪で美しい風紋だけが目をよぎった。パリからの帰りの機上で、夜明けの薄明の底にふと見下した、太古を思わせるどこかの沙漠の姿だった。様々な奇怪な動物や植物や、象形文字にも見えた沙漠の風紋は、風が書いた失われた歳月の墓碑銘なのかもしれなかった。

夫人の出して来たもう一つの箱の中からは、繭色にくすんだ和紙に墨で書き、こよりでとじ

た「初代薩摩治郎兵衛伝」「薩摩家使用人心得覚え書」「神田川堤桜並木寄附願控」といった帳や、『銀絲集』、ジルマルシェックスをよんだ音楽会のプログラム、十個に近い様々な国から贈られた勲章類が出て来た。一番新しいのは三十七年日本館の三十五周年記念に、大学都市に薩摩氏の記念碑が建ったのと同時に贈られた緑色の芸術文化国家勲章だった。それらの勲章とそっくりの小型略章をずらりとリボンにとりつけたものは、女の服のアクセサリーにもなりそうに可愛らしい。

「これをこの子がほしがって狙ってるんですよ。一九二四年のあの音楽会のことは、私の生涯でも一番いい想い出ですよ。犬養健が、今でもあの音楽会の感激は忘れられないで時々夢にみると話していましたよ」

若い夫人の思い出が昭和年号で語られるのに、明治生れの薩摩氏の記憶はすべて西暦で刻まれているようであった。

「徳島は好きなんですよ。倒れたところが、東北のどこかの知らない暗い町なんかでなくてよかったと思っています。わたしの最初の乳母がね、徳島の女だったんですよ……それにここは明るいから……地中海のように明るい空だし……女もやさしい……汽笛がね、聞えて来るんですよ……風のある朝……ああ……お前さんなんか、いつもぐっすり眠っていて、聞いたことありませんよ……この町には昔から大阪からの連絡船が、夜あけ前川口の港へ入って来るでしょう……あの汽笛がね……枕に伝ってくるんです……やがて、夜が明ける……そんなあけ方に夢をみるんです……地中海のね、マルセーユの古い港に面した小さなホテル・ボーボーの五階の港のみえる部屋に私が眠っている……鉄のベッド……しみだらけの壁紙、壁が薄いからもれてくるんです、となりの人の話声がね……男がタヒチに発つんだといって、女を哭《な》かせている……千年も古りし我かとうたがわる多くも持てる思い出のため……ボードレールですよ、昔の夢は……徳島はね、好きなんですよ。東京？　もう生涯帰りたくないですね……パリ……パリにはこの子をつれてってやらなければ……」

部屋にはいつのまにか黄昏がしのびこんでいた。食事に出ようと誘いだすと、薩摩氏はゆっくり立ち上った。まだ足もとがどこか危っかしい。壁にすがって階段を下りる薩摩氏の下を、顔は薩摩氏の方へねじ向けながら夫人がゆっくり、ゆっくり導くように下りてゆく。手はかさない。台所の板の間に腰をかけて不自由そうに長い長い時間をかけて薩摩氏が靴をはく時も、夫人は横に立ってじっと見つめている。歩きはじめの子供に、手を貸したいのを無理にこらえている若い母親の顔にみるような、もどかしそうな、辛抱強い表情が、その顔にかすかな微笑を掃いている。それはモナリザにも似ているし、聖母にも似ている。見ている者を、あるもの哀しさに誘いこむ、ほの明りのような微笑だった。

台所から戸口までへの通路は、肥った薩摩氏が通るといっぱいになる。壁に手をかけ、ゆっくりと歩を運ぶ薩摩氏のあとから、私たちも、大名行列のような緩慢さで一歩、一歩足を出していった。

三鷹下《しも》連雀《れんじゃく》

その頃、私は三鷹の下連雀《しもれんじやく》の街道筋のたばこ屋の離れに下宿していた。昭和二十六年の春すぎのことで、三鷹は太宰治の情死事件や、無人電車暴走の三鷹事件ですっかりジャーナリズムの脚光をあびていた。

私が三鷹に棲みついたのは全くの偶然にすぎない。それより三年ばかり前、私は着のみ着のまま夫の家を飛びだし、西の古都に流れついて暮していた。三年たっても、私は相変らず無一文で、ほとんど着たきり雀だった。家出の原因になった一途な恋はとうに見失い、愚かな情事の垢もつき、もはや年齢も二十代の終りの坂に立っていた。その町にさえいれば、最低生活は保証される真面目な職についていたのに、急にそれをふりすてて、前後の見境いもなく、東京に舞い戻ったばかりであった。

誰にも恥ずかしくて云えた話ではなかったけれども、私はその年になってようやく、本気で小説が書きたくなっていたのだ。

すでに故郷の肉親とは絶縁同様だった。旧い友だちのほとんどに、自分から身をかくしてもいた。たったひとり稚《おさ》な友だちの大松富美子が三鷹で所帯を持っているのを頼りにして、上京の当面の足がかりにしたものだ。富美子がいたから三鷹に来た。ただそれだけの偶然だった。

富美子は優しかったし、勤め先でノンプロの野球選手をしている大松氏は、磊落《らいらく》な好人物だったので、私の居候生活は快適だった。結婚して八年、何故か子宝に恵まれない夫婦は、今もってはためにも羨ましいほど仲がよい。

「いつまでいてくれてもいいのよ。でもうちは、夜がおそいでしょう。だから朝食だけは水いらずでたべたいの。大松が会社に出かけるまで、悪いけど朝寝しててね」

それが富美子の出した唯一の居候の心得だった。おかげで私はぐっすりと朝寝をむさぼる。夫婦水いらずの朝食のつつましく、なつかしい食器のふれあう音を壁ごしに聞きながら、うつらうつらと朝寝を楽しみ、富美子が、出勤する大松氏を、横町の出口まで送り出していってから、のこのこ起きだすのだった。夜遅く酔っぱらって帰る大松氏を、富美子はいつまでも起きて待っていて、飼犬より早くその足音を聞きつけ、玄関に飛びだして行く。

「まあ感心ねえ、よく帰ったわね。こんなに酔ってるのにちゃんと道もまちがえず、けがもしないで、感心、感心」

酔って巌のように重くなっている大男の大松氏を小柄の富美子は、行李を引きずるようにひっぱって寝室へ運びこむ。もちろん、私は眠ったふりをして手をかさないことが居候心得であった。そういう富美子の家で三週間ばかり居候している間に、周旋屋が見つけてくれたのが、その下宿であった。

三鷹の南口から、真直ぐ、のびている道を、どこまでも歩いていくと、十二、三分で、旧い街道につき当る。そこから右に曲って、二、三軒めに、その下田という下宿はあった。たばこや、駄菓子や、日用雑貨を商っている小さな店の離れの八畳が、私の部屋だった。

一間の床の間と縁側までついた坊主畳の八畳は、荷物といってはふとん袋一個の私には、いかにしても広すぎた。富美子ははじめてその部屋の真中に立った時、柔道の道場みたいとつぶやき、うそ寒い表情をした。私は山寺の宿坊のようだといった。千八百円の部屋代が魅力だった。その時の私の東京での収入のめどは、うまくいってせいぜい月五、六千円というつもりだった。それまでに、懸賞で馴染みになった児童物専門の、小さな出版社だけが命の綱で、そこへ童話や少女小説をせっせと持ちこむ方法しか、生活のめどは思い浮ばない。

孫のような末娘とふたりきりで、店を守っている下宿の未亡人のぎんは小柄な小肥りの軀に糊のきいた清潔な割烹着をつけ、着物の衿の後ろに白いハンカチをかけている。

「商売は何だね」

土地なまりであっさりぎんに訊かれた時、さすがに口ごもった私の横から、富美子があわてて

「小説を書いてるんです……でも……子供のね、童話とか、少女小説とか……」

「はあん、小説家かね。すぐそこの隣りの禅林寺には、太宰という小説家の墓があるよ。その墓の前でほら、弟子の何とかいう大きな男も自殺してねえ」

とっさに私は下宿の話は断わられるのかと背筋を冷やした。三人の幼児を貞淑な妻におしつけたまま、情婦と心中した流行作家。その同類の無名の女の小説書き――どうしたっていい店子の条件ではない。けれどもぎんはそれだけで、明日から引越してもいいよといってくれた。戦争未亡人だというとっさのニセ履歴にも一点の疑いもはさまず

「女は苦労しに生れて来るんだよ」

とぽつりといっただけだった。引越の翌日、禅林寺の場所を問いかえすと
「太宰さんの墓詣りかい、同業だもんね」

ぎんは丸い血色のいい顔の相貌を崩し
「ちょっと待ちな」

と、裏庭からざっくり、紫陽花《あじさい》の花を剪ってきた。隣地へ引越挨拶ぐらいの軽い気持と、好奇心しかなかった私は、花をかかえてとまどった。

街道の両側には樹齢何百年と数えそうな欅の並木が聳えたち、鬱蒼と葉を茂らせた枝で、重々しく青空を支えていた。黄檗《おうばく》宗禅林寺の古刹は、下宿から二百米と離れていない。街道ぞいの墓石屋から、冴えた鑿《のみ》の音がひびき、禅林寺の古雅な山門がその奥に見えていた。

手入れの行きとどいた境内は閑寂に静まりかえっている。ぎんに教えられたように、本堂の横から裏の墓地に入っていくと、中程に探すまでもなく、太宰の墓がすぐ見つかった。思ったより小さな墓の表には太宰治之墓という字が刻まれ、背面に建立者の名として太宰の妻女の津島美知子の文字が刻まれている。墓前にはまだいきいきした花束がもりあげられ、ウイスキーの瓶が二本意味あり気にそなえてあった。線香の灰もまだ白々と形を崩してはいない。

太宰が逝《い》ってからもう三年の歳月がすぎているというのに、太宰のファンは、むしろ日と共に増すように見えていた。

晩春の武蔵野の陽ざしは柔かく、墓地はあくまで明るかった。散りのこった山桜の花が雪の

ようにまだらに枝にのこっていて、あるとも見えない微風に、はらはらと散りいそいでいる。

ぎんの紫陽花を供えると、もう墓前は花にあふれて線香をたてる場所もなかった。

太宰の愛弟子の田中英光が、師の死後一年後にこの墓前で後追い自殺をしたことが、若い太宰のファンたちを刺戟して、むやみに文学青年の自殺が流行している頃だった。

私は墓の後ろに立っている桜桃忌の卒塔婆《そとば》の文字を読んだり、何となく墓のまわりをぐるっと回ってみたりしていた。

太宰の墓地は、日頃尊敬している森鷗外の墓の近くにしてほしいという故人の希望通りに選ばれた筈だった。太宰の墓の斜め向い側に、鷗外の墓をすぐ見つけることが出来た。それは太宰の墓石の三倍くらいある大きさで、かっきりと稜線のきびしい墓石の表には、森林太郎之墓という文字が彫られている。ただそれだけであった。中村不折の字だと伝え聞いている。字も墓も清潔で、気韻の高い立派なものだった。何の飾りもない墓石が、これほど力強く、一個の芸術品のように見えるのに驚かされた。

鷗外の墓前は雑草が生い茂り、花筒も水入れも渇ききって、土埃がたまっている。長い間、参詣者の絶えていることを物語っていた。太宰治の墓前で酒宴を開く今時の文学青年たちは、太宰治の名は知っていても、森鷗外の名は知らないのだろうか。いや、鷗外の名は知っていても、林太郎という本名を知らないのだろう。

私はしゃがみこんで草をぬき、ハンカチで埃っぽい墓を潔めた。左隣りに鷗外の妻のしげ女の墓もよりそっていた。太宰の墓から紫陽花をとりわけ、鷗外の墓に供えた。太宰の霊が見ているなら、私の行為を喜ぶだろう。正直いって、私は鷗外の文学を太宰のそれより遙かに敬愛していた。彫金のような鷗外の文章に強く憧れていた。

十何年か前田舎町の女学生だった私は、太宰の「女生徒」をはじめて読み、たちまち魅せられた。「皮膚と心」「おしゃれ童子」「畜犬談」「駈込み訴へ」「女の決闘」など、矢継早に太宰の作品を追いかけて、ことごとくに魅了された。何の抵抗も感じさせない、リズムのある太宰の軽やかな文章は、少女の私にとってはある種の生理的快感さえ覚えさせられた。歳月は流れ、思いがけないさまざまな人生の山坂を越えてきて、三十に手のとどこうという私には、もはや太宰の小説は「すきだったこともある」という過去形でしか思いださなくなっている。そのくせ一方では、三島由紀夫のきらきらしいまぶしい才能に幻惑され、まるで女学生のような他愛ないファンレターなど、せっせと書き送ったりしていた。五度に一度か七度に一度の割りで、日本のラディゲから薄い返事が舞いこむこともあった。

一週間ばかりたったある朝、私は縁側に投げこまれた封書の上に待ちかねていたのびやかなそのペン字をみた。太宰という字をみただけで、吐き気をもよおすのです。文章も、顔も、声もみんな大嫌いです。せいぜい鷗外先生の墓詣りはしてくださいという意味の、歯切れのいい文章と大きな字が躍っていた。それにしてもあなたという人は極楽トンボだという結びもついていた。

吉祥寺の古道具屋で六百八十円の古机を六百三十円に値切って買ってかえり、部屋の真中に置けば、あとはきれいさっぱり道具といっては何もなかった。

「掛軸のないのは死床といって縁起が悪いんだよ」

ぎんが古びた軸を持って来て、床の間にかけてくれる。全体が藺色にくすんでいて、下方に薄墨の波がたゆたい、上の方に日の丸みたいなお日さまがぽっかり浮んでいた。

時々、街道に黄色い砂埃を巻きあげて通るバスの物音の外はひっそりと静まりかえっていた。毎晩、電燈のコードを低くひきおろし、せっせと童話や少女小説を書いては、神田の雑誌社まで持ち込みに行く。

時々、背後の襖《ふすま》がするりと開くと、ぎんの片手が敷居ぎわに皿をついと、押しやってくる。ぎんの差入れはホットケーキとか野菜サラダとかハイカラなものが多い。運転手だったぎんの夫がオランダ公使のお抱えだった頃覚えこんだというぎんの得意の西洋料理だった。

「あたしの亭主もねえ、末のよし子がおなかにいる時、酔っぱらって車ごとあの上水にはまって死んじまったんだよ。人喰川だものねえあれは。そのあと四人の子供を育てるのにがむしゃらに生きてきた。気がついたら、もう頭がこんなに白くなってさ。それだってね。子供は附く者が附けば、みんなそっちへいっちまうさ」

めったにいわないぎんのぐちを時たま聞いてやったり、はたきや、たわしや草鞋《わらじ》などがすすけた天井からさがっている店の軒に

「秋です。お肌のお手入れをどうぞ。はかり売りクリーム入荷　御徳用品」

などというビラを書いてやるだけで、私は信用のある下宿人になっていた。

下宿の生活が落着くにつれ、私は昭和二十六年に三鷹下連雀に住むということが、太宰治に無縁ではいられないということに否応なく気づかされてきた。生前、駅前を太宰が歩くと、肉屋の小僧も薬屋の主人も、魚屋のおやじも、とびだすようにして挨拶したといわれるほど親しまれていた太宰は、死後三年経ってもまだ、一向に人々の記憶から忘れられていないどころか、町のどの店にも横町にもその俤がのこっている。一週間に二度か三度は、ぎんの店先で
「おばさん、太宰治って小説家の墓のあるお寺はどこ?」

と聞く人声がする。

ようやくなじみになった駅前通りのすし屋で、たまにお燗の一本も頼もうものなら
「お客さんいける口だね。このごろは女も酒が強くなったねえ。太宰と心中した山崎富栄ってのが、まためっぽう強かったたねえ。いくらでもさされるだけのんじまうんだ」

三年前は、太宰の行きつけのうなぎやを手伝っていたというすしやのおやじさんは、私が薹《とう》の立った文学少女あがりだと見ぬくと、勢いづいて早口にまくしたてる。

「お客さんくらいの年頃が女は一番危険なんだねえ。富栄ちゃんだって、ちょうどそのくらいでね。あの子が先生を殺したってずいぶんひどくいわれてるけどねえ。考えてみりゃあ、あの年で先生にめぐりあったってえのがあの子の運のつきだったたねえ。だいたい先生はやたらに惚

れっぽい男だったよ。はじめはあの子の友だちがお目あてでね。そっちにふられたからサッちゃんに、知ってるでしょう、スタコラサッちゃんというあだ名でね。サッちゃんにほこ先が変ったというわけだ。サッちゃんと出来てからだって、この露路の奥ののみやのゆめちゃんて女の子に御執心でね。大変な通い様だったけど、ゆめちゃんは清純派だから先生みたいのはこわがってだめなんだ。だいたい、もてない人だったねえ。さっぱりだったよ」

すしやの話では、富栄は太宰に逢うまでは、身持の堅い未亡人で、銀座に美容院を開くことだけが夢で、せっせと貯金にはげんでいた。ようやく目的の資本も貯ったというところで、太宰に逢ったのだった。当時の太宰の収入は月収二十万円といわれていたけれども

「おれの仕事はつまり、肉体労働に入らない。それに、作品というものは個人のものじゃないんだから、原稿料もひとりで私有してはいけない」

という論旨で、誰彼かまわず取巻きには饗応しつくしていた。富栄が犠牲奉仕の熱に浮かされ、太宰の身辺の事務や世話を一手に引き受けるようになってからは、富栄の貯金もたちまち吐きつくしてしまった。もうその時はつとめ先の美容院も止してしまい、太宰の愛人としての生活に没入しきった。

「とにかくサッちゃんは先生に惚れぬいていたからね。さあ、先生の方はどうかな、あのお人は気が多いひとでね」

ふたりが抱きあって玉川上水に入水《じゅすい》した二十三年の六月十三日には、富栄が夜おそくひとり

でうなぎやへやってきた。

「うなぎのゲソ五人分ちょうだい」

「今からお客さんかい？」

「ううん、ふたりでたべるのよ。今夜はうんと、精力をつけとかなきゃあなんないの」

「おやすくないねえ」

まさか死出の旅のために体力をつけるとは夢にも思わないで、うなぎやはにぎやかに富栄をからかって送りだした。

「ええ、だからそいつのお代はもらいそこねちゃいましたよ。まあ香奠《こうでん》代りでさあ、ね。お皿をもらいにいったら、えれえ愁嘆場で、とんで帰っちまったよ」

「でもよう、あの女はこうつんと澄ましてやがって、色気なんてちっともなかったぜ。道で逢ったって挨拶もしねえんだ」

店をしまって、一杯のみに来ている魚やの主人も横から口をはさむ。

「いやちがうんだよう。サッちゃんはすごい近眼《ちかめ》なんだ。そいつを先生がめがねの女はきらいだってんで、一さいめがねをよしちまった。見えなかったんだよ、魚源さん」

「へえ、そいじゃ先生のこともぼうっとかすんで天下の色男と見てたってわけか」

富美子と歩いてさえ
「あ、今、おじぎした女の人ね。あれが山崎富栄のいた美容院のママさんよ」

ということになる。富栄は美容師としては腕がたしかで、客あしらいがさっぱりしていて、お客には誰にも好かれていたらしい。

「あの頃の三鷹の騒ぎったらなかったわ。買物に行っても、配給とりにいっても、出る話は太宰と富栄さんのことばっかり。何しろ、死体が一週間も上らなかったでしょう。町を歩いたら、写真で識ってる有名な作家の顔に何人でも出逢ったわ」

葬式の日には、雨の町角で、弔問に行く林芙美子から富美子は声をかけられた。

黒い服の林芙美子は、小柄な軀の半分もありそうな大きなばらの花束を、学生風の男に持たせて歩いていた。

「太宰さんのお宅はどちらでしょう」

富美子は、ただ吉祥寺よりの上水の近くだというくらいしか知らなかったので、あわてて、近所の主婦をつれてきて案内させた。

「丹羽文雄が怒ったような顔で歩いていくのをみかけたのもあの日がはじめてだったわ」

商店街の古本屋には、太宰治のコーナーがあった。

「やっぱり、一番先生の本は出ますからね」

太宰の色紙がないかとくる客も多いという主人から、私もつい、太宰の愛人たちの手記を二冊買ってしまうのだった。

山崎富栄『愛は死と共に』太田静子『斜陽日記』。いかにも戦後らしい仙花紙の粗末な安っぽい本だった。

どちらも「石狩書房」というところから出ていた。富栄の本が昭和二十三年九月十日、静子の本が一ヵ月おくれて同年十月十五日に発行されている。前者が定価百円、『斜陽日記』の方が百参拾円についていた。

両方とも著者の口絵写真入だった。

山崎富栄は白っぽい変り矢絣の和服に胸高に帯を締め、盛装で写っている。

カバーのかかった安楽椅子に浅く腰をおろし、軀は斜にかまえ、顔は真正面にむけていた。掌は膝にきちんと握り合せて置かれていた。型にはまった見合写真スタイル。富栄の表情や、堅くなった軀つきの緊張ぶりも、それを物語っている。

ふちなしめがねをかけた瓜実顔《うりざね》は、鼻筋高く、唇《くち》もとしまり、広い額、切れ長の瞳、造作のすべて、みな彫り刻んだような端正さで、いくらか古風な美人だった。
二十二、三歳の写真だろうか、見るからに真面目そうな娘で、ただ、あんまり難くせのつけようのない端正さに、何だか愛嬌がない。味のない女のようにも、融通のきかない女のようにも見える。顔の白さに対し、膝の手がいかにも黒い。富栄の美容師という職業を思えば、手の化粧を忘れているのが、不思議に思われる。薄い膝といい、筋ばった掌といい、軀つきの堅さの中に、あきらかにまだ処女が匂っている。
太田静子の方は、富栄の写真と全く対照的だった。デシンかジョーゼットらしい柔かな絹のワンピースを着ている軀つきが、ころころ肥っていた。半袖からむきだされた腕も、V字型にのぞいている胸も、まんまるいお月さまのような顔も、いかにも色が白そうな、ぽちゃぽちゃした感じの女だ。服の蝶のプリント柄が、似つかわしい童顔である。思いきり離れてついた丸い瞳、細く短い眉、低くてまるい鼻、口に紅のあとのない、赤ん坊のようなぷりっとふくらんだ唇、そのどれもが、女の顔の可愛らしさを強調している。正面の上からレンズをむけられ、びっくりしたように上目に見上げた三白眼の表情が、生真面目な中にも可憐さを漂わしている。とても厄年を迎えた女とは見えない若々しさで、むしろ富栄の写真より若い。富栄の盛装の下の軀が、色の黒い、ぎすぎすした感じを聯想させるのに対し、静子のぽちゃぽちゃした軀からは、マシマロのように柔かな、体温の熱い餅肌が浮び上ってくる。

神代杉らしい机に向っており、原稿用紙をひろげ、万年筆を持って、ポーズをつけている。おそらくカメラマンの注文らしいそのポーズが、照れくさいのか、両肘を軀にひきつけて、窮屈そうにかしこまっている。先をとがらせた削りたての鉛筆三本、ものものしく並ぶインキ壺、原稿用紙などいっぱしの作家気どりに見える。机の横には、一、二歳のおかっぱの幼女が、白い熊のぬいぐるみを抱きかかえ、机に片肘ついて半身をのぞかせていた。真黒な目と眉しか映っていないのに、その幼女の俤が、はっとするくらい太宰に似ていた。まぎれもなく太宰と静子の間に生れた「斜陽の子」だということがわかる。静子の背後には、螺鈿《らでん》らしい華麗な支那風の飾り棚が見え、それひとつだけでも静子の生活の背景が想像される。

富栄も静子も、長い髪をかきあげ、首筋に内まきにたらしていた。昭和十七、八年から二十二年までの女の流行の髪型であった。

中身はふたつとも、太宰の名をむしろ恥ずかしめるだけのものだった。

それを読んだ反動で、私はかえってもう長く読まなくなっていた太宰の作品を、少しずつ読み直しはじめていた。そして全く新しく捕えられはじめていた。

下連雀界隈にはまだ太宰の亡霊が黒いマントの袖を大鴉のようにひるがえしながらさまよいつづけ、誰彼の背に蜘蛛の糸のような縁《えにし》の糸をこっそり縫いつけて、赤い舌をだしているのかもしれなかった。

夏がすぎ秋もたけ、街道の欅の並木がすっかり葉をふるいおとし、武蔵野の空が突きあげたように高くなった頃、私は見知らない女客の訪問を受けた。

女は、四、五歳の男の子をつれていた。にこりともしない表情で、女はもう前に二度も訪ねて来たけれど、いつも留守だったといった。佐野千枝子と名乗った名にも覚えはなかった。

女の顔を一目見た時、私はぞっと、背筋が冷たくなったような感じがしていた。不気味なほど陰鬱な一瞬の印象であった。昏《くら》い。まるで地の底から、或いは幽界から這いでてきたというような怪しい昏さにつつまれていた。玄関から上りこむと、千枝子は壁ぎわにぺたっと横坐りになった。よく見ると、たいそう整った美貌だった。どこかで逢ったような感じもしてきた。日本人には珍しい高く美しくとおった鼻筋、きれ長の黒目のふくらんだ瞳、広い額、そこまで見て山崎富栄の口絵写真が浮んできた。美しさの型が似ているのだ。昏さは千枝子の皮膚から滲みでていた。目のふちに黒い隈がにじみ、頬の皮膚も張りがなく青黒く煤けている。どこかに病気を持っているのかもしれなかった。

身なりはみすぼらしかった。子供は千枝子にどこも似ていない。まるまる肥って、半ズボンから夏のようにむきだしている素脚《すあし》がむっちりと可愛らしい。持ってきた自動車の玩具と縁側でひとり遊んでいる。そういうひとり遊びに馴らされているらしい孤独な後姿をしていた。口を開くと千枝子は思ったより雄弁だった。

ぎんの店へ煙草を買いに来るある知人の青年から、私が子供の読物でくらしをたてている噂を聞いたこと、自分も夫と別れて自活したいから、同じ仕事を世話してほしいこと、小説は書いたことがないけれど、子供の読物くらいなら書いてのける自信はあること、現在は、駅前ののみやに手伝いにいっていることなどを、ひくい声で淡々と喋りつづけた。

私のあてにしていた小さな出版社は、夏のはじめにもうつぶれてしまっていた。そのあと、ふとしたことから、同じ神田でも児童物出版では、一、二といわれる大出版社につてが出来、私の子供物原稿は思ったより順調に売れはじめてきたことは事実だった。私びいきのぎんが、客の誰かにそんな話を聞かせることもあり得ることだ。

千枝子の口調は、私の世話次第で、夫との離婚を決心するから、一日も早く面倒をみてほしいというのだった。私は大いにあわてて、千枝子の無謀をたしなめた。子供物原稿だって右から左へ売れるものではないこと、私自身が毎月ひやひやしながら、出版社に持ちこんでいること、第一、原稿料はあきれるほど安いこと。私が自分の仕事を守るため排他的になっているととられるかもしれないと思い乍《なが》ら、私は千枝子の面倒はみきれないと断わった。

「そう……でも、時々来るわ。そしてやっぱり書いてみるわ」

どうぞ御勝手にというより外ない。千枝子は、どこか悪いのではないかという私の問いに

「婦人科がね、ちょっと」

と、あっさりいった。気味の悪いほど陰鬱だった印象は、しゃべっているうちに次第にうすらぎ、なるほど、のみやの灯かげでみれば、結構なまめかしいのではないかと思われる柄だった。帰りぎわになって、千枝子は縁側からふりかえり

「うちへも来てちょうだいね。やっぱり下連雀なの」

「どのあたり」

「上水の方だけれど、太宰治のいた家よ」

ぎょっとなった私に、はじめて千枝子は笑顔をみせた。笑うと前歯にずらりと入れた金歯が妖しく光った。

「太宰を大好きだったの、それで買ったのよ。あんなことのあった家は縁起が悪いんで安かったわ。太宰のいた頃のままにしてあるわ、いじらないの」

「そこに御主人もいるの」

「ええ、今いってるのみやは、太宰がずっと仕事場にしていた『千種』のあとなの、ゆうちゃん！　いけません」

千枝子は店の菓子棚の方へ首をのばす子供をたしなめ、もうすっかり黄昏れてしまった街道へ消えていった。

それ以来、宣言通り、千枝子はしばしばやってくるようになった。話しているうちに明るく灯がともったようになる千枝子の表情にもみなれてくると、最初感じた昏さがそれほど気にならなくなった。

夫との仲はすっかりさめきっているという千枝子は、大学生と恋仲になっていることまで告白した。太宰の家を買うほどの文学少女だけに、本もよく読んでいたし、たちまち書いて持ってきた少女小説も、一応の型にはなっていた。

そんなある日、駅前通りで買物籠をさげた千枝子に出逢った。

「ちょうどいいわ。いちどよってらっしゃいよ」

千枝子は女学生のようにいきなり私の腕に腕をかけ、ぴったりとよりそってくる。もうその時には、千枝子の作品を三つも、私は編集者の手にわたしてあった。採用されるかされないかは千枝子の運次第だった。千枝子の訪れ方にはもちのようなねばっこさがあり、それに抵抗しがたい奇妙な力があった。

私は千枝子に腕をとられたまま駅前から上水ぞいに、吉祥寺の方へ歩いていった。

「ついでに上水をみて歩きましょう」

ここから太宰が墜ちたのだという場所で千枝子は立ちどまった。えぐったような下駄のあとがついていたというあたりには、もう草が見わけもなく生いしげっていて、茶色にすがれていた。流れは白くふくらみながら、気ぜわしそうに走っていた。この流れにのまれたら最後、めったに上るものでないという話などを千枝子は歩きながらした。

「太宰の首には紐がまきついていたのよ。富栄さんがしめ殺したの、あれは他殺よ。あたしは警察の人からはっきり聞いて、知ってるのよ」

「あなた、太宰の生きてる時、逢ったことあるの」

「それが一度もないの」

上水べりから右へ曲り、また何度か曲って、私たちは細い露路の入口にさしかかっていた。三軒並びの一番奥が千枝子の家だった。

昭和十四年一月、井伏鱒二の仲人で二度めの結婚をした太宰治が、夫人美知子の郷里の甲府御崎町で新居を構えた後、移り住んだ家だった。

――九月一日に、三鷹村の新しい家に越した。二十七、八円の家賃を出せば、も少しいい家もあったのだけれど、生活は最低に、背水の陣を布いておきたいといって、二十四円の小さい家をそれも三軒並びの一番奥をえらんで借りるという消極戦法であった。当時は、南の方が、はるか向うの森まですっかり畠で、いもの葉が風に反《そ》り、赤い唐辛子が美しかった――

と美知子が追憶していた家だった。

軒下に立った瞬間、私ははじめて千枝子を下宿の縁側の外に見た時と同じようなショックをうけた。昏い。ぞっと背筋の冷えるような暗鬱さが、まるで空家のように荒れはてたその家から滲みだしていた。

同じような家が三軒並んでいるのに、千枝子の家だけがひときわ荒れていた。がたぴしたてつけの悪い音をきしませて、入口のすり硝子の入った格子戸を開くと、せまいたたきがあり、鼻緒のきれた、ちびた女下駄や、真黒に足型のついた男下駄が乱雑にふみ板につっこまれていた。破れの目だつ障子が半分あけっぱなしになっている。

「どうぞ、汚いのよ」

千枝子の後について上ると、障子の奥は六畳で、左手に一間の押入と半間の床の間があった。右手が襖で次の間につづいている。千枝子は縁側に面したガラス戸をあけた。申しわけみたいなさしこみ錠をしてあっただけだ。たとい空巣が入っても盗みだすようなめぼしいものも見当らない。

縁側よりに机が一つ、床の間に本箱一つ。

「大体太宰がいた頃と同じように物をおいてあるつもりよ」

壁も、天井も荒れがひどく、雨もりのしみ跡や、壁土の剝落がそのままになっている。

昭和十四年、新婚の太宰夫婦が移り住んだ時は、新築だったこの家も爆撃で痛み、疎開中に荒れ、家の寿命を一挙にちぢめたのだろう。どうやら、千枝子たち一家も、家に愛情をそそぐゆとりもないほど、太宰の晩年にまけず劣らずの、不幸なちぐはぐの家庭らしい。襖のとなりは四畳半と三畳の部屋が並び、玄関脇に台所があった。

簞笥や茶簞笥はみんなこっちの部屋につめこまれているのでせまくるしい。

裏の畑地にはどしどし新しい家が建ちかけているけれども、駅前あたりに比べると、まだ広広とした眺めが展けていた。

私はふと、この家に、足跡のついた男下駄以外、男の匂いがしないのに気づいた。

「御主人もここにいるの」

莫迦《ばか》な質問だった。

「ずっと帰って来ないのよ。十日に一ぺんくらいひょっこり帰るけど——会社が赤羽なの」

「俗天使」で、「ヴィヨンの妻」で、「桜桃」で、それら太宰の作品の中ですでに馴染みになっているせいか、そうしていると、六畳の机の前に、玄関に背をむけて猫背を丸めて執筆している太宰の姿が見えるような気がしてくる。

あるいはその亡霊が——

死の直前六日ばかり、富栄の部屋から一歩も出されなかった太宰の、家族やこの家への執念が、そこここにとりついているような気さえした。

年があけ、私の持ちこんだ千枝子の少女小説がようやくひとつ売れた。それが合図のように千枝子は本当に夫と子供に別れ、若い愛人と駅前に近いアパートへ移った。やはりそこも下連雀のうちだった。

千枝子は新宿のキャバレーに通うようになり、見ちがえるように派手になった。あの、人をぞっと寒がらせるような不気味な昏さはいつのまにか千枝子の全身からかき消えていた。まもなく、若い愛人とふたりづれで訪ねてきた千枝子の口から、別れた夫があの家を手放したと聞かされた。

尚それから三年余り、私は下連雀のぎんの家に暮していた。

太宰は四十年の生涯に、五人の女と深い運命的な繫がりを持った。

最初の妻初代、江の島で心中し相手だけを死なせた女給田部シメ子、二度めの妻美知子、「斜陽」のモデルにし、一女を産ませた太田静子、最後を共にした山崎富栄の五人である。

太宰の生涯はこれら五人の女との交渉とおびただしくのこされた作品に尽されている。この女たちのうち四人までは、太宰の作品に定着されている。一緒に死んだ山崎富栄だけは、作品の中にほとんど残されていない。書く情熱をおこさせなかった女とも見られるだろうし、富栄だけは材料にしないほど大切にしたという見方も出来る。おそらくは前者の方だろう。

初代は「姥捨」にも、「東京八景」にも、「人間失格」にも繰りかえしあらわれてくる。シメ子も何度も繰りかえしちらちら姿を見せる。「斜陽」は一番はっきりしたモデルにちがいない。

妻の美知子が、意外に度々作品に顔を出している。傑作「ヴィヨンの妻」は、美知子に捧げられたわび証文のようなものといえる。

これらの女たちを、桜桃の実をつなぐようにつないでいけば、太宰治の生涯がくっきり浮び上ってくるというわけだ。小山初代は太宰の郷里津軽で芸者をしていた。青森の料亭「玉家」から紅子という名で出ていた。前借して身を売ったというのではなく、玉家の娘分として女将にかわいがられ生母も共に住んでいた。弘前高校時代の十九歳の太宰が十六歳の紅子になじみ、三年間遊んだ。太宰は津軽の金木の大地主津島家の六男だったので、遊びの金に不自由はなかった。昭和五年、太宰が東大仏文科に入って上京した後、初代は玉家を逃げだして太宰の許にはしった。太宰が呼びよせたのである。太宰の人生の最初の不始末な出来事になった。結局、津島家で初代を身請けし、太宰と結婚させる準備をすすめ、いよいよ初代が明日は上京という前夜、東京からの報せが舞いこんだ。その年の十一月末日である。

太宰が銀座のカフェー「ハリウッド」の女給シメ子と江の島袖が浦に投身し、シメ子は死に、太宰はひとり生きのこって鎌倉恵風園に収容された。このため自殺幇助罪に問われ起訴猶予になった。

翌年二月、初代は上京し、ふたりは五反田で新所帯を構えた。初代は無邪気な明るい性質で、当時太宰が非合法運動に熱中して検挙されたりしてもじたばたあわてず、太宰を信じて落ちついているようなどっしりしたところもあった。

太宰は初代に英語を教えたり、マルクスを読ませたりしたが、初代はそういうものには興味を示さなかった。またその頃から文学青年くずれの悪友や取巻きがしきりに出入りしても、気持よく彼等をもてなした。当時、しきりに交際のあった檀一雄や山岸外史も、当時の初代の気さくな応対を書き残している。

太宰はこの頃、遺書のつもりで小説を書きためていた。一方檀一雄や山岸外史と、まるで気が狂ったように濹東《ぼくとう》に遊び、娼婦を買いあさった。初代の箪笥は初代の知らないまにすっかり空にされていた。

太宰たちの生活費は、故郷から送られていたが、学校へ出たこともなく、卒業の見こみは全くなかった。

辰野隆が何とか卒業させてやろうと思い

「ここにいる三人の教授の名前をいってごらん」

といった時、太宰は答えられなかったと伝えられている。

——太宰の生活と私の生活とが殆ど重って、狂乱、汚辱、惑溺の毎日を繰りかえしたのは、十、十一年の大半だ。太宰の移転していった先は荻窪、船橋、諸病院、それから又荻窪。溺れる者同志がつかみ合うふうに、お互いの悪徳を助長した。—略—

私達の遊蕩、飲酒、懊悩、安息の場は玉の井、新宿にきまっていた。玉の井は十、十一年の船橋に移る迄。新宿は十二年、太宰が荻窪に舞い戻ってからである。

太宰は大抵制服、制帽でやってきた。家が出やすい為でもあり、私の処に入りやすい為でもある。私も亦、制服制帽で太宰の家に迎えに出た。——小説「太宰治」の中に檀一雄が描いた当時の放蕩ぶりである。この玉の井行には初代の叔父の吉沢祐も時々加わった。

玉の井へふたりがあらわれると、両側の娼家の四角い明り窓からいっせいに

「ヨー、ダザイ」

「ダンカズオ」

と女たちの黄色い声がかかる。家にいる時は、たいてい文学青年たちがごろごろ泊りに来ていた。太宰は泊り客のある時は決して初代と同衾しない。何週間でも一ヵ月でも、初代は次の間でひとり寝る。

そんな狂乱の昭和十年の春、太宰はまたしても卒業出来なかったことや、就職出来なかったことを動機にして、ひとり鎌倉へ出奔、縊死を計って失敗している。首筋に無惨な縄目のあとをのこしたまましおしお帰ってきた。二度目めの自殺行為である。

その事件の直後、盲腸炎を起し阿佐ケ谷の篠原病院に入院した。手術後腹膜炎を併発、その時の鎮痛剤としてパビナールの注射をしたのが中毒となり、陰惨な中毒患者になっていた。経堂の内科病院へ移り、やがて船橋に家を借りて移り転地療養した。その間ずっと、初代はつききりだった。

中毒のため半狂人になり、あらゆる所から金を借りあさった。ついに脳病院へ入れられ一ヵ月の入院で中毒を根治した。入院中、初代は船橋をひき払い、杉並区の天沼のアパートに移っていた。

退院した太宰に初代は惨めな告白をした。太宰の遠縁の画家小館とあやまちを犯してしまったのだ。小館は初代よりずっと年下で、太宰の家にも親しく出入りしていた。ふたりはいさぎよく太宰に告白すると同時に、ふたりの結婚を許してくれという。太宰は事の意外に顚倒し、懊悩した。初代は太宰が信頼している初代の叔父吉沢祐にあずけられ、善後策を講じた。太宰も吉沢も一応ふたりの結婚を考え、小館家とも交渉したが、太宰の姉が小館の長兄の夫人というような関係から、この結婚は因襲の強い郷里で許す筈もなかった。そのうち小館は逃げ腰になった。楽天的な初代も死を想うようになり、太宰はそれに同情し、水上へ行って心中をくわだてた。カルモチンを使用したこの自殺は失敗する。太宰にとっては三度めの自殺未遂になった。

——太宰は初代との再出発を希望したが、私は眼前の、疲れはてて、着のみ着のままの初代がふびんに思われ、説得の意志も挫けた——

と、吉沢祐は書きのこしている。

初代はひとり青森へ帰った。二十歳から二十六歳まで足かけ七年の結婚生活だった。昭和十七年、初代は青島へ発ち、十九年、骨になって帰った。

太宰をめぐる女たちの中で、この最初の妻の初代ほど貧乏籤をひいた者はない。初代は太宰の人生のスタートの、一番混沌の苦悩期につきあわされたのである。二十歳の稚な妻としては、誰が初代以上に狂乱の太宰を守り終せただろうか。

太宰は事件の直後すぐ檀一雄に「初代が姦通した」と告げている。マルクスにかぶれたり、文学をやったりしながら、結局太宰は女に対しては、封建的な愛情感覚と倫理感としか持っていない男だった。太宰が太宰流に初代を愛していたと思っていた事は事実だろう。もしかしたら、太宰は生涯に、初代ただひとりしか、純粋に女としては愛したと思ったことがなかったのではないだろうか。それはあくまで「愛したと思った」ことであって、「愛した」ことではない。

――ああ、もういやだ。この女は、おれには重すぎる。いいひとだが、おれの手にあまる。おれは無力の人間だ。おれは一生、このひとのために、こんな苦労をしなければならぬのか。いやだ、もういやだ。わかれよう。おれは、おれのちからで尽せるところまで尽した。

そのとき、はっきり決心がついた。この女は、だめだ。おれにだけ、無際限にたよっている。ひとから、なんと言われたっていい。おれは、この女とわかれる。――

「姥捨」の中の文章である。水上で自殺に失敗した時の太宰自身の述懐として書かれている文章こそ、疲れはてた初代が、太宰にむかってつぶやいた心の声であった筈なのに。太宰が、初代を本当に「愛していた」ならば、そのことに気づかねばならない筈であった。

初代の不運は、この事件の時、叔父以外に太宰の友だちの誰ひとりとして初代のためにかばってくれた者のいないことであった。あれほど饗応し、面倒も見、無際限に泊めてやった厚かましい客たちの誰ひとり。

山岸外史は

「そいつぁ、別れるさ。案外、君、これは絶好のチャンスかもわからんよ。むしろ、お目出度う、といった方がいいんじゃないか？　太宰もこれで男になるさ」

といっている。こんな男にも初代はこれまでさんざんサービスしてきたのである。

初代と別れた太宰が井伏鱒二の媒酌で二回目の結婚をしたのはそれから約二年後である。昭和十三年九月、井伏鱒二にすすめられ同氏が滞在していた山梨県御坂峠の天下茶屋へ行った。仕事の上では、パビナール中毒のため悪戦苦闘している頃から次第に芽があらわれはじめていた。第一回芥川賞は落ちたけれども候補に上ったのをはじめとして、入院中、檀一雄等の手で処女創作集『晩年』が出版の運びになり、初代の問題で、ごたごたしている間にも、『改造』、『新潮』、『文芸』、『若草』等に作品が発表されるようになっていた。新潮社から『虚構の彷徨』、版画荘から『二十世紀旗手』が刊行され、一まず新鋭作家として、文壇にその才能を認められてきていたのである。

甲府市の石原美知子と見合結婚をした当時の太宰の背景は、すでにこの程度の文学的基礎固めが出来ていたことを見逃すことは出来ない。いうまでもなく、初代の犠牲と献身の上に築かれた礎であった。美知子は初代が半病人の太宰を背負ったり引きずったり、あえぎあえぎ登りつめた険阻な峠の平坦な中腹でバトンタッチした幸運にあずかった。

明治四十五年生れの美知子は初代と同い年の、太宰より三つ年下であった。東京女高師卒業後、都留高女で教鞭をとっている時、太宰との見合いになった。太宰三十歳、美知子二十七歳の時である。

手紙もろくに書けない初代とはちがって、インテリの美知子は、太宰の作品の鑑賞力もあったし、才能の非凡を見抜く目も持っていたからこそ、この結婚にふみきることが出来たのだろう。昭和十四年一月、東京の井伏家で結婚式をあげた後、甲府市御崎町五六番地に新居を構えた。八畳、三畳、一畳の家で家賃六円五十銭。この間短篇を十ばかり、『愛と美について』を竹村書房、『女生徒』を砂子屋書房から刊行している。

朝は早くから机に向い、午過ぎまで仕事をし、三時頃、近所の喜久の湯に行き、四時頃から湯豆腐で飲みはじめるという日課だった。生活は一応安定し、来客もなく、平和な新婚の日々であった。酔うと得意の義太夫が出ることもあり、「お俊伝兵衛」や「壺坂」「朝顔日記」がおはこだった。時には美知子にからんで泣かせてみたり、酔いつぶれて大鼾で寝てしまう。それでも月末の酒屋の払いは二十円くらいのもので安心だった。上諏訪、蓼科にふたりで旅をしたり、美知子の母や妹までつれて伊豆へ旅を試みたりしている。

その年九月一日、甲府を引き払い三鷹村下連雀一一三番地に移ったのである。晩年は荒れはてて敷居のねだがぬけていたり、雨もりで畳が腐ったりしていた家も、この時は木の香も新しく、小ざっぱりした家だった。昭和二十年三月、甲府に疎開するまで足かけ十七年のこの家での生活は、太宰の生涯の中では最も安定した平和な家庭的な歳月であった。美知子にとっても生涯で最高の幸福な日々といえよう。

太宰の文名は、この期間、日一日と隆盛になる一方で、流行作家太宰治の名声は、もう磐石のものになっていた。

美知子は三十歳で長女園子、三十三歳で長男正樹を恵まれ、女として妻としての幸福を存分に享受した。

子供が生れるまでは、机を中に向きあい、太宰の口述するものを美知子が書きとったりすることも多かった。

「僕はこんな男だから出世も出来ないし、お金持にもならない。けれども、この家一つは何とかして守って行くつもりだ」

水入らずでさしむかいの食事をしながら、煮えたぎって落ちる武蔵野の落陽をみて、しみじみとつぶやく太宰のことばが信じられる毎日だった。

その上、戦争が苛烈になり、世間の女たちの多くが夫や恋人を戦場に奪われている時、太宰の虚弱な体質が幸いして、戦場はおろか、徴用さえまぬがれることが出来た。美知子は、結婚して以来十二年、夫と共に暮しつづける幸運に恵まれたのである。当り前のそのささやかな炉辺の平和が守りぬかれることの方が、当時、むしろ奇蹟的だったのだ。その間太宰は一度も女の問題をおこしていない。良師や良友にかこまれていたし、実際問題として、女と遊ぶような閑《ひま》が個人的になかったし、そういうことの出来る世間の風潮でもなかった。

昭和二十年になって、戦争もいよいよ末期的様相を帯びて来ても、引続く空襲警報の中で、防空壕へ出たり入ったりしながら、太宰は「お伽草紙」を書きつづけていった。

二十年三月末、美知子と子供で甲府の石原方へ疎開した後、三鷹の家は爆撃のため損傷された。太宰も甲府へ合流した。七月七日、甲府の石原家も全焼し、同二十八日、一家で津軽の金木へ疎開した。金木へ落着いて十日ほどして、終戦を迎えた。

——金木では、新座敷とよばれている離れをあてがわれて、終戦後は、各社からの註文も大へん多くなり、環境もよく、仕事に精出しておりました。金木ではさぞ辛かったろうと、多勢の方から、私は言われますが、この金木にいた一年三カ月ほど、少くとも太宰の身上に関して、安心であった時代は無いので、事実、私は肥って帰京したのでした。いつも私以外に、太宰を見る人が、あるということは、私にとりましては、心強いことであり、太宰は家庭にあっては、三鷹の長屋暮しでも、甲府で焼出されて厄介になっていた人の家でも、生れた家での習慣、規律をそのまま、やってゆこうとするところがございましたので、金木では、それが、すっぽり当てはまるような安心があって、楽なのでございました。太宰はほんとに金木爪のさきまで、津軽の人でありました。太宰独特の習慣、このみと思っていたことが、金木で暮してみますと、津軽の風習であったり、あの家、あの一族に共通のこのみであったりして、謎のとけるような思いでございました。

さて、離れでは、六畳に津軽塗の卓をすえ、蔵から出して灰を入れかえた帳場火鉢を傍において、毎日々々よく勉強していました。あの頃の姿を思いますと、帰京して、わずか、一年半で、あのようなことになった、戦後の東京の恐しさに慄然といたします——

焼け出され、夫の実家に家族ぐるみ居候という、最も辛い嫁の立場にいながら、美知子はこの文章の様に、まだ平安と幸福につつまれていた。蔵の中から旧い雑誌などとりだして読む閑や、それについて夜おそくまで太宰と語りあったりする幸福な時間も恵まれていたのである。この平安の中で美知子はもう一人、夫から愛の記念の子を得ていた。これらの格調高く簡潔な文章をみても、美知子の並々でない聡明さ、感受性の豊かさ、深い夫への理解などがうかがわれる。初代という無心の真心が耕し種をまいておいた畠を、美知子という聡明な園丁が、細心に見守り育て、見事な太宰の文学の花を咲き匂わせたのである。

美知子が慄然と回想しているように、太宰の破局《カタストロフィ》への暴走は、あまりにも突然かつ、急激であった。

太田静子の住んでいた神奈川県下曾我の雄山荘へ、太宰が訪ねたのは、昭和二十二年二月のことであった。金木から三鷹の家へ、太宰一家が引揚げて来て、わずか三ヵ月後のことである。

太田静子は大正二年生れ、美知子より二歳年下でこの時三十四歳になっていた。一度嫁ぎ、女児を産んだが、その子を死なせ、離婚した出戻りだった。実践の専門部家政科を卒業した文学少女上りで、自分の経験を告白小説に書きたいという望みを持ってひそかに小説的な日記など書きためていた。静子は早くから太宰の小説に憧れていて、昭和十七年頃、太宰の出る文学の集りにこっそり出席している。それが最初の出逢いだった。それから折にふれ、ファンレターを送りつづけた。ファンを大切にする太宰は、ファンレターには大てい返事を出す習慣だった上、静子の手紙はみずみずしい情感にあふれたロマンティックなものだったので興味を持って遊びに来るようにといってやった。太宰にとってはいつもの、軽いサービスにすぎないその便りが、もう太宰への気持が片恋いになっていた静子にとっては運命的な大事件になった。容貌に自信のない静子は被虐的な気持になって、わざと自分より美貌の二人の友人を誘い、思いきって三鷹の太宰家へ訪ねていった。もうそれで、太宰は自分への興味を失うだろうとなかばあきらめていた。

静子は自分の目で太宰の幸福そうな家庭を見た。ひかえめでいて、ゆきとどいた親切な美知子のもてなしを受け、聡明そうなやさしい妻だと思った。入りこむすきはなかった。あきらめながら心は満たされていた。

ところが帰ってくると追いかけて太宰からの手紙がとどいた。三人の女客の中で静子だけに来たものだった。美知子が三人の女客の中で、静子を一番感じのいい可愛い人だと評したという。静子は有頂天になった。手紙は次第に大胆になっていった。太宰が金木に疎開した頃は、家人への心遣いから、「小田静夫」の変名を使うようにといってきた。太宰の方は「中村貞子」

という名を使ってきた。

——他の生物には絶対になくて、人間にだけあるもの。それは、ひめごと——

静子の恋は、手紙の中で燃え上った。ひそかに書き綴っている日記も、心の秘密も、軀も、何もかも太宰の中にそそぎこんで、太宰の文学の中に、自分を開花させてみたいと思いはじめていた。

そんな中で静子は終戦を迎え、この世で太宰の他には誰よりも敬愛し、頼りきっていた母に死なれた。

——ひとりで生きて行かなければならない。世間と争ってでも生きて行かねばならない。お母さまのように、人と争わず、憎まず、うらまず、美しく、悲しく、生涯を終えることの出来る人は、もうお母さまが最後で、これからの世のなかには存在し得ないのではないだろうか。死んで行くひとは美しい、生きるということは、それは、たいへん醜くて、血の匂いがするきたならしいことのような気がするけれど、女が生きることがみごもって穴を掘ることならば、私もそのように生きて行きたい。私は、私の思いを、しとげるために生きて行く！ふと、お母さまは、私が、私の思いをしとげるために、亡くなるのではないかしらと考えた。

——

こうした静子の手紙や日記を金木で受けとりながら、太宰の中には次第に一つの長篇小説の構想がまとまっていった。「斜陽」という題もきまった。期するものがあった。帰京したらすぐとりかかりたい仕事だった。下曾我へ、太宰が訪れたのはこんな背景の中だった。取材旅行。静子の手紙や、静子の日記にある、支那風の山荘も庭も樹も、目で確かめなければならない。

——伊豆の地平線はちょうど私のお乳のさきにさわるくらいの高さにみえた——

という海も。観念の中ではもうほとんど抱いたことのあるような気のしている静子の肌の熱さも。

太宰は山荘で一週間滞在し、静子はついに、その「想い」をしとげた。静子はその時、太宰の軀が、思いがけないほど衰弱していることを肌で識った。もうこの頃、結核が相当進んでいたのである。静子は妊った。

同じ下曾我にいる病中の尾崎一雄をふたりで見舞ったりしたあと、太宰はその場から伊豆の三津浜へ廻り、一週間ばかりで「斜陽」の一、二章を一気に書きあげた。残りは、四月から六月へかけて、下連雀の田辺方、上連雀の藤田方の一室を借り、仕事部屋にして書きあげた。この仕事部屋を、太宰はどんな親しい記者にも決して教えなかった。並々でない意気込みと自信であった。

毎日、黒いふろしき包みをもって仕事部屋へ通い、日に五、六枚書いては夕方から、「千種」やうなぎやで、客と応対し、のむという日課だった。三月末には次女里子が生れていて、三人の子供のいるわが家では、ようやく仕事の出来ない状態となり、客の応接も不可能になっていた。「斜陽」は新潮七月号から十月号まで四回に連載され、たちまち異常なほどの反響をまねいた。
東京の仕事部屋で「斜陽」のつづきにとりかかる時、もう一度太宰は静子を訪ねている。その時、懐妊のことを知らされ
「静を偉くしてあげるよ、静がこの恋を貫いたら、みんな静をほめるよ。貫かなかったら、静のしたことはだめになるのだ」
と云った。
五月二十四日、静子は三鷹に終戦後はじめて訪ねていった。駅前ののみ屋「千種」の座敷で太宰は多勢の客にとりかこまれ、酒宴が開かれていた。世話女房気取りではきはき一座の世話をしている女がいて、しょんぼり壁のすみに坐っている静子にうどんをとりよせてくれたりする。それが山崎富栄だった。
静子は十一月十二日、女の子を産んだ。静子の兄が、太宰を訪ね、命名させ、認知させた。
「証
太田　治子《はるこ》
この子は私の可愛い子で
父をいつでも誇つて
育つことを念じてゐる。
昭和二十二年十一月十二日

太宰　治」

法的には何の権威もないこの一片の紙片が、静子と赤ん坊の許に届けられた。この証は、山崎富栄の下宿で、富栄の目前で書かれたものだった。こうして太宰はこの一年に二人の子を持った。

富栄が太宰にはじめて逢ったのはこの年の三月末、太宰と静子が結ばれた一ヵ月後だった。その夜から富栄は太宰に惹かれ、一方的に熱烈な恋をしていった。「斜陽」を書きあげてから太宰は、仕事場を行きつけののみ屋の「千種」の二階に移したが、富栄は、偶然のように、その向いの家の二階に下宿を移した。五月のはじめ、太宰ははじめて富栄の唇に触れ、五月の二十一日、富栄の軀に触れた。

先生はづるい
接吻はつよい花の香りのやう
唇は唇を求め
呼吸は呼吸を吸ふ
蜂は蜜を求めて花を射す
つよい抱擁のあとに残る、泪
女だけしか、知らない
おどろきと、歓びと
愛しさと、恥かしさ

先生はづるい
先生はづるい
忘れられない五月三日――

五月二十一日
お別れする時には、一度はあげる覚悟をしておりました。性的の問題というものは、慎みが必要だし、社会生活と絡みあって、真面目に扱われてゆくのが本当だということを御承知のはずなのに。

至高無二の人から、女として最高の喜びを与えられた私は倖せです。
going my way.行け、吾が道、人生、成りゆきに委《まか》せましょう、自然に委せましょう。私はもう何時お別れしても悔いない。しかし、出来ることならば、一生、御一緒に生きていたいと希わずにはいられない――

大学ノートにこんな低能な文字をとくとくと書き綴る三十女に、太宰はいつのまにか、命綱として、必死にしがみつかれていたのである。太宰に死の影がただよいはじめ、生活が急激になだれをたてて崩れはじめたのは、この年も終りからで、富栄が、治子の出産でショックを受け、猛烈に静子に嫉妬しはじめた頃からであった。見逃してならないのは、「斜陽」は少なくとも、先にのべたような環境で書かれたし、更にその前に発表し、最高傑作だと世評を得た「ヴィヨンの妻」は、まだ太宰が、静子を訪れる前、つまり家庭生活の平安が飽和点まで保たれた中で生れたものだということである。「斜陽」のエロ作家上原のデカダンの生活や乱ちき騒ぎ、「ヴィヨンの妻」の無頼詩人大谷の、悲惨きわまる家庭の荒廃、それらと、全く生きうつしの様相を太宰の実生活が帯びて来たのは、二十二年も明け、翌二十三年に入ってからであった。

そして二十三年の正月、静子は東京でひそかに太宰と逢ったのを最後に、太宰を永久に失ってしまった。それまで静子の出した手紙は一切富栄に読まれ、返事もすべて富栄から来た。太宰は富栄に泣かれ、脅され、毒薬をもっているといわれて、静子に逢わない約束をさせられていた。月々治子に送る一万円も、富栄の手から届き、静子が大病しても、見舞金だけが、富栄から送られるという状態だった。

六月十五日の朝、見馴れた、下手な富栄の字で葉書が舞いこんできた。

「修治さまは私がいただいてまいります

六月十三日」

静子は、病床で無表情にそれを眺めていた。十三日の真夜中、めったに泣かない治子が火のついたように夜泣きして、静子は仕方なく抱いて、夜あけまで庭を歩きまわった。その時、真暗な庭をみつめる治子の目をみている時、ふいに太宰の死が、直感されてきた。翌一日《ひとひ》、静子は、太宰の死を見つめて暮していたあとであった。富栄の葉書にやっぱりというつぶやきがもれ、しばらくして、涙があふれでてきた。

美知子は六月十四日の午後、はじめてふたりの失踪を知った。六日の朝、いつものように仕事部屋にいくと出かけたきり、一週間音沙汰がなかった。富栄の部屋から出た遺言は、酔っぱらって書きなぐってあり、文章も字も美知子には、太宰の本心を伝えているとは思えなかった。殺された……美知子は、はっきりそう思った。

「女が死んでくれってうるさくて仕様がない。……決してお前の顔に泥をぬるようなことはしないよ」

冬の頃何度か太宰がつぶやいたことばが思いかえされた。

死体は一週間後の、六月十九日、たまたま太宰四十歳の誕生日、午前六時五十分頃、抱きあったまま浮び上った。使いが雨の中を濡れねずみになって美知子に報せにいくと、美知子は表情を変えず、落着いた声でひくく云った。

「御苦労さまでした。死体はそのままの姿では、この家に受けとることは出来ません、骨にするまで一歩も入れないで下さい」

長い歳月があった。石の上にも十年、こけの一念で一筋にしがみつき、どうにか大人の読む小説を書いて私も暮していけるようになっていた。そんな私にある婦人雑誌から、「斜陽の子」に逢ってみないかという話があった。ふいに歳月が逆行し、記憶の底から三鷹下連雀のなつかしい商店や、街道や、欅や、ぎんの店が浮び出て来た。編集者が持って来た太田治子の短い手記を読まされ、私はこらえ性もなく涙をあふれさせた。

十四歳の時書いたというその文章は、これまで私の見たどの文章よりも素直で謙虚で美しかった。太宰の死後、母子のたどった悲惨な道程が、明るく爽やかにたんたんと書かれていた。太宰の死後、収入の道のいっさいとだえた静子は、小説を書いて生活を支えようと決心した。太宰の死の直後は、太田静子と「斜陽」を結びつけ、ジャーナリズムが襲ってきた。世間知らずの、まるで幼女がそのままふくらんだような静子は、ロマンティックな夢想家で、現実の生活の智慧が片輪のように欠けていた。小説を書くといい乍ら、太宰の愛人としていき乍ら、原稿料と印税の区別もしらなかった。

だましとるようにおだてられ、『斜陽日記』は出版された。静子の名をかたり『小説太宰治』という本まで出た。静子の本当の小説も尾崎一雄の労で二つばかり雑誌にのった。太宰が下曾我へ来たことを書いたものだが、甘くて感傷的だと酷評された。あと書く気力もなかった。

想い出のからむ山荘も追われ、弟の家に寄食したがつづかず、治子とふたりで真冬の町へ出ていった。親類は、太宰との事でほとんど義絶されていた。行き倒れ一歩前で、民生委員に相談をかけ、はじめて職と住いを得た。伯父の会社の子会社のまかない婦の仕事とアパートの一室が恵まれた。もちろん、美知子は、ふたりを認めなかったし、太宰の印税など一銭ももらえなかった。マッチにルノアールの絵をはったり、お人形のハンカチをつくったり、夢のようなことをうつらうつら想っていた文学少女では、この現実は生きてゆけなかった。太宰との恋の成就など美しそうなことをいったのも、せんじつめれば、手を汚さず、ぜいたくな暮しをしたかったのではないだろうか。

静子は、はじめて死物狂いになって働いた。五十人のまかないを四人の女で受持っていた。一番苦手な、一番不得手なそういう仕事にしがみつくことが、生きていくという現実だったのだ。かつては年より十歳は若くみえ、フランス人形のようだといわれていた静子は、まるい額に皺をきざみ、がっしりと肥った中年の働き者になっていた。そして、治子が、気味の悪いくらい太宰の容貌に似て、いつのまにか見上げるような背丈の少女に育っていた。

夏の一日、軽井沢の友人の別荘で、私はひとり治子の訪れを待っていた。

落葉松《からまつ》のこもれ陽のおどる小径に、小柄な女の編集者と並んで、すくすくとのびた背の高い少女があらわれた。ブルーと白の横縞のセーターに、ブルーの膝までのズボンをはいていた。目と鼻のあたりが、写真でみなれた太宰に生きうつしだった。そしてスタイルにも、何の気どりもてらいもない自然な微笑にも、清らかさが輝いていた。はっとするほど手の清潔な少女だった。

一日ドライブで親しんだ後、その夜、私たちは枕を並べた。寝相が悪いからと恥ずかしがる治子との間に襖をしめて、襖ごしの話になった。

「静かですねえ」

治子の声は十六歳の少女にしてはひくく、落ちついていた。母子の間は姉妹みたいで、静子は治子を物心つかぬ時から唯一の話相手にして、太宰のことを何でも話して聞かせたので、父というより、母子の大切な神さまという気がしているといった。

「父のことを、今でもふたりは太宰ちゃまって呼ぶんです。太宰ちゃまは女の人と川にはまってなくなったのよ。だから治子もひとりでは川に近づいてはだめよ、そんなふうに何かにつけ話すんです。ですから、いつのまにか、すらすらっと、ふたりのことがわかってしまって……母は時々あんまりつらいことが重なると、ぐちっぽくなって、太宰ちゃまは藤十郎の恋だったんだ。ちっとも本気で愛してくれていなかったんだなんてヒスになることもあります。でも、あたし、きっと太宰ちゃまは、やっぱりこんなふうな子供っぽい頼りない母が好きだったんだろうと思うんです。藤十郎の恋だって、好きでない人にはしかけないいんじゃないでしょうか。藤十郎の恋だって、いいじゃないのっていうんです……あたし小説が書きたいんです。おかしいでしょうか。母は昔書いたものを何もみせてくれません。何もしらなかったから、あんなに思いあがって書けると思ったんだといっています。でも、あたしがみても今の母はすっかり変りました。昔は、人になんかちょっといわれても、大きな目からぽろぽろ涙を流してうつむいてしまうんです。そんな母が子供のあたしには頼りなくてとてもいやだったんです。今は、本当に人がかわったみたいにしっかりしてきました」

「まるで治子ちゃんのムスメみたいね」

治子のやわらかな笑い声がする。笑い声は十六歳の少女のふくよかさと甘さが匂っていた。

——私は、勝ったと思っています。

マリヤが、たとい夫の子でない子を生んでも、マリヤに輝く誇りがあったら、それは聖母

子になるのでございます。私には、古い道徳を平気で無視して、よい子を得たという満足があるのでございます──

「斜陽」のかず子のことばが四方の闇からひびいてくる。

「治子ちゃん、お父さまのお墓へいきましたか」

「いいえ、まだ……も少し自分がしっかりしてからと思って」

「今度いっしょに行きましょうか。あたしは、三鷹下連雀のあのお寺のすぐとなりに住んでいたのよ」

「つれてって下さい」

静かな寝息が聞えてきた。私は眠れず闇の中に、目が冴えてきた。初代も、静子も、美知子も、富栄も、他人でないという想いが切実に胸にこみあげてきた。この十幾年の私の過去も、彼女たちの味わいなめた愛や憎悪や嫉妬や怨恨のすべてをなぞってきた筈であった。愛しながら犯す女のあやまちのもろさも、世に認められない道ならぬ恋をせずにいられない無謀な情熱や、そのため浴びねばならぬ切ない屈辱も、愛の名においてする焼けつくような嫉妬とあさましい独占欲も、裏ぎられた悶えの地獄の業苦のすべても、彼女たちのものというより、私自身のものとして、識らされている。

犠牲は誰が払ったのだろう。

すべてが虚しくすぎさったとしても、ここにある治子の存在だけは、信じられる唯一のものだった。

——神さまみたいないい子でした——

「人間失格」の最後に太宰が必死で書きつけてこの世に残した執念が、ここに実っているのを私は見た。

軽い小さな声をあげ、襖の向うで治子の寝がえる気配がする。

霧の花　夢二秘帖

福原麟太郎氏の「文学と文明」という随想の中に次のような文章がある。

「――私に『夢二画集』の春夏秋冬の巻を次々に送ってくれたのは東京帝国大学の法科学生であった。

そして私は夢二の非常なファンになった。これは私ばかりではなかったようだ。夢二は日本中の青少年男女から崇拝された。私はあるとき夏の随筆の中へ

「夏まつり藍の香《か》高き衣きせて

しつけの糸を母は喰べしか」

という夢二の絵の中にあった歌を引用したら、森田たまさんも、どこかで同じ歌を使っておられた。夢二は岡山県の人で、少年としての経験、たとえば道ばたでつかってみせる阿波人形師とか、富山の置き薬とか、子守り歌の記憶にも共通なところがあって、何か感情の交流も感じたのではないかと思う。しかし主な愛慕の原因は、あの瞳の大きい、胸の薄い月見草のような姿の女人の持つ新しい魅力であった。

私の父は、こんな女はいない、そしてこんな女は肺病だと言った。事実、夢二は、薬ビンを持ってお茶の水の坂を病院へ通う若い女の絵を描き、紅いモミのきれで目をおさえている姿の美しさをたたえて、病めるものの美しさよと書いた。こういう趣味は世紀末の頽廃美を愛する嗜好とひとしいものであった。私たちは何も知らないでデカダンスの嗜好の中にすでにおかれていたのである。しかもその夢二が、当時の左翼運動の盟約の中にいたことは私たちはだれも

知らなかった。私はつい去年『本の手帖』に夢二特集が出るまでそれを知らなかった――」

この文章が、明治に生れ、大正という浪漫的な時代に青春を送った恵まれた年代の人たちの、竹久夢二観の一部を代表しているといっていいだろう。

竹久夢二――今ではもう、夢二が一世を風靡《ふうび》した抒情画家で詩人で、小説や紀行文までものした一種の流行児だったということを識る者も次第に少なくなっている。それでも

まてどくらせど来ぬ人を
宵待草の遣《や》る瀬なさ
今宵は月も出ぬさうな

という人口に膾炙《かいしゃ》した歌が竹久夢二に作詞されたことを識っている若い世代の人もいるのではないだろうか。

夢二型美人というタイプが大正時代から昭和のはじめ頃には美女の標準につかわれるほど、夢二の描く女は一世を風靡した。

なで肩で首が長く細く、面長な額の広い女、目が大きく、鼻筋が細く長く、口は桜のはなびらをおしあてたような、顎から咽喉のいかにも柔かそうな女――夢二の女は、着物をゆるくまといつけ、帯をどんなに胸高に結んでも、ちょっと端をひっぱると、ずるっととけてしまいそ

うな柔かさに結んでいた。

浮世絵の作者たちが工夫した末に見出した女の着物姿のエロティシズムの表現を、夢二は自分の美人画の中にすっかりとけこませていた。

嫋々《じょうじょう》とした、ふれればたちまちとけて消える雪人形のようなはかなさが、大正期のロマンティシズムや、デカダンスといっしょになって、いやが上にも夢二の人気を高めていた。

夢二の描く女たちが、いつでもモデルを持っていて、そのモデルはその時々の夢二の恋人だという伝説めいた臆測も世間には流れ、なかば信じられてもいたようだ。

明治四十年（一九〇七）、一月十五日から四月十四日まで、日刊『平民新聞』が石川三四郎、幸徳秋水、西川光次郎、堺枯川《こせん》たちによって刊行され、通計七十五号まで出た。その一月二十四日付、『平民新聞』に「竹久夢二の結婚」という見出しのゴシップがのっている。

「青年画家竹久夢二氏が飄逸奇警《ひょういつきけい》なる諷刺の画才は、本紙の読者のよく知り給ふところなるべし、さる程に氏年久しき下宿住ひに、そぞろ独身のうら寂しさを嘆ちて《かこ》、いかでかは百年の苦楽を倶《とも》にすべき人もがなと想ひ居たるが、ヴィナスの神も氏の心根を憐れとや思ひ給ひけん。遂に大いなる眼の殊に美しき人を配せしめ給ひ、先の頃目出度く結婚の式を挙げ牛込区宮比町四番地に新宅を構へたりとぞ、それかあらぬか此頃氏の描く婦人の眼が殊に大きくなりたるは、蓋《けだ》し夫人をモデルとするに依れるなりと口善悪《さが》なき京童の噂とりどり」（鳰生）

この年、夢二は数え年二十三歳だった。

岡山県邑久郡本庄村の酒造家の次男に生れた夢二は、本名を茂次郎《もじろう》といい、不自由なく育ったが、十四歳の時、家運が傾き、一家は九州へ移っている。その年、姉松香の夫を頼って神戸一中に入学し、十七歳の春、父の意志によって上京、早稲田実業学校へ入学した。この頃から『中学世界』や『中央文壇』などにコマ絵の投書を始め、好きな絵画をやりたいと思いはじめた。明治三十八年、早稲田実業学校本科三年を卒業、大学の専門部商科に入学したが、この年、『中学世界』や『ハガキ文学』に絵や図案が一等入選したのが刺戟になり、ますます絵画に自信を持って、翌明治三十九年、二十二歳の時に、学校を中退し、画業に専念していた。草画と称する抒情画を少年少女雑誌に寄稿して生計をたて、失望した父からは「以後万事其の許の自由なるべし」という絶縁状を受けとっていた。

この頃の夢二は若い正義感から社会主義的思想を持ち、左翼運動をする人々に近づいている。『平民新聞』に夢二の結婚のゴシップがのったのも、平福百穂、小川芋銭、小杉未醒等と並んで、同紙上に諷刺画やコマ絵を執筆していたし、和歌、俳句などものせていたからである。

最初の妻岸たまきは、夫に先だたれた若い未亡人で、金沢から上京し、早稲田で絵葉書屋「つるや」を開いていて、学生仲間の憧れの的だった。夢二より二つ年上の勝気な美人で、特に黒曜石をはめこんだような、まつ毛の長い、いつでも濡れ輝いているような瞳は魅力的だった。紺絣の着物に大名縞の袴をはいた、やせて、頬のこけた、目の優しい夢二の、見るからに多感そうな美青年ぶりが、故郷を離れ、一人で生きている気丈な寡婦の心を捉えるのに日はかからなかったらしい。

夢二は藤島武二を尊敬していたので、茂次郎という田舎くさい実名は一生用いず、武二にあやかって夢二というペンネームを用いたと伝えられている。

麹町土手三番町の下宿に新婚の居を構えたものの、まだ夢二の画の収入だけでは心細く、たまきは幼稚園の先生になって働いたりしていた。

その頃、夢二は島村抱月を訪ね、デッサンや油絵の批評を請い、抱月にその特異な画才を認められ、『東京日日』の文芸欄にコマ絵が掲載されるようになっている。

夢二とたまきは十年間の結婚生活をしている。

たまきは年上の、生活経験も夢二よりは豊かな女として、恋のはじめから、夢二をひきまわすたちだったし、内気で人見知りの強い内向的な夢二にとっては、たまきの勝気さや、世間馴れした点は、むしろ、内助の役としても好都合だっただろう。夢二はたまきと結婚して、次第に絵にも自信を持ってきたし、自分の特異な画才を損《そこな》わないために、あえて美術学校へ入らないという方針を選んだ勉強の仕方も、次第に功を奏してきていた。

たまきと結婚して三年めの明治四十二年（一九〇九）夢二、二十五歳の十二月には、はじめて『夢二画集・春の巻』という版画集が、洛陽堂から刊行され、翌年には七版まで重ねて、たちまち、洛陽の紙価を高めていった。洛陽堂は平民社関係の出版物の印刷所で社長は河本亀之助だった。

夢二の最初の画集が、河本亀之助の手で、洛陽堂から出されたというのが、今となってはかえって異様な感をうけるほどである。

夢二は後に自伝小説「出帆」に

「——その日暮しの自分の生活に草臥《くたび》れて、彼が二十代に抱いたやうな社会意識などは、もはや忘れてゐた。新聞の嫌ひな彼は、今日の五月祭のことも知らなかつた」

「——まだ二十代の青年の頃には、芸術家的敏感から、地上にユウトピアを持ちきたす夢を信じてゐたものだ——三太郎には、争ふとか主張するとかいふ気性が欠けてゐた。共存共栄を標榜しながら、スポーツの意気で突進する近代生活に向かない人間だつた。テニスやピンポンのやうな競技をやるにしても、勝敗の意識よりも、経過のファインプレイを悦ぶといつた方で、花札を引いても桜のピカが手にあればきつと出すし、馬に乗つても走つてゐる間だけを喜んだ。だから何をやつてもへまで、結局損をした」

と、書いているように、社会主義に近づいたのは、青年の理想主義からで、そこから次第に離れていったのは、たまたま大逆事件などがおこり、激しい弾圧をうける社会主義者たちの苛烈な運命を目の当りにして、それを選びとるほどの闘争心や、強さを持たなかったからだろう。

翌、明治四十三年には、四月に『夏の巻』、五月に『花の巻』、七月に『旅の巻』、十月に『秋の巻』、十一月に『冬の巻』が、同じく洛陽堂から引きつづいて刊行され、どの集も予想以上の絶讃を以て迎えられた。

この年に大逆事件がおこり、翌年一月、幸徳秋水ら十二名が処刑されていることと思いあわすと、世相がそれほど暗雲に閉ざされていたからこそ、夢二の抒情画のロマンティシズムがかえって人心を捉えたのだと見ることも出来る。

大正元年には、京都岡崎の府立図書館で、夢二の第一回個展が開かれているが、連日大入満員で、文展より遙かに入場者が多く、改めて夢二の人気の強さに世人は目をみはった。

有名な宵待草の原詩がこの年生れ、六月、河井酔茗の女子文壇発行『少女』に「さみせんぐさ」の題名で発表されている。この歌は旭川の堤のそぞろ歩きに生れたと夢二がいっている。

「宵待草」
遣る瀬ない
釣鐘草の夕の歌が
あれあれ風にふかれて来る
まてどくらせど来ぬ人を
宵待草の心もとなき
『思ふまいとは思へども』
われとしもなきため涙

今宵は月も出ぬさうな

この詩が翌年には、絵入小唄集『どんたく』に、今の詩形に直されておさめられた。

夢二は自伝小説「出帆」の中で、この詩は、夢二の永遠の恋人となって夭逝した笠井ひこ乃を待つ宵に作ったものだと書いているが、夢二がひこ乃にめぐりあったのは、少なくとも大正三年以降と推察されるので、「出帆」はあくまで自伝風の小説的虚構の上につくられたものと見た方がいいのだろう。

宵待草に、現在歌われているような曲がついたのは、更に数年たった大正七年の頃で、多忠亮が、この詩に感動し、自ら進んで作曲し、夢二の装幀で出ていたセノオ楽譜によって全国に流布していった。この年が、夢二とひこ乃の最も幸福な同棲生活の時にあたっているのを見ると、これをひこ乃を待つ宵につくったというよりも、ひこ乃との愛の生活の記念にしたい気持の方が強かったのではないだろうか。

ひこ乃の生涯がわずか二十五歳で病歿するという薄倖な運命だったため、月の出と共に開いて、一晩でしぼむ宵待草の儚さと、淡々しい月の色に似た花びらの薄さ痛々しさが、いっそうひこ乃の清らかな俤に重なったのではないだろうか。

夢二は、一種のダンディであったらしい。写真をみても、自画像をみても、いかにも芸術家らしい繊細な神経の持主らしい風貌をしているし、ダンディなボヘミアンネクタイなどして、いかにも抒情画家らしい甘い気どりが見えている。

夢二の絵に魅せられた少女たちは、夢二その人にまで魅了された。芝居の役者や映画俳優に憧れるのとはまた趣きのかわったインテリくさい味が、夢二ファンをいっそう熱中させた。

その気になりさえすれば、夢二の周囲には摘まれたがる花々が無数に首をさしのべている状態だったが、夢二自身の性情は、移り気のドンファン型ではなく、むしろ、気軽に女から女へと心を移せないタイプだったらしい。

最初の妻たまきとは、年上の女の情熱に惹かれた形で結婚したものの、八年めあたりからはもう互いに傷つけあうばかりの生活になっていた。

たまきは虹之助と不二彦の二人の子供の母になっていたけれど、夢二は、子供好きではあっても、子供を中心の、平穏な家庭生活の中に落着いてしまうにはまだ野心がありすぎたし、青春の血もおさまりきってはいないのだった。

丁度その当時、九州から上京してきた神近市子が、夢二の家に身をよせ、女書生のような役をしていたが、当時の夫婦げんかのすさまじさを目撃している。

たまきは、美しいばかりでなく、親切で、むしろ俠気のある女だったので、出入りする若い画学生や女学生などの面倒はよくみたし、慕われもしたようだ。まだ海のものとも山のものとも前途の見きわめ難かった無名の画学生夢二をいたわり、激励し、仕事へかりたてる役にはふさわしかった。しかし夢二が功なり名とげて、たまきが予想した以上の現世的出世をし、一世の流行児になった夢二にむかっても、たまきは、貧乏画学生の頃の、内気で、自分がいてやらなければ、一人立ち出来ないような感じのした昔の夢二のイメージを抱きつづけてそこからぬけきれなかった。

人気と仕事と、華やかな交際に追われ、疲れきった夢二を、おだやかに迎え、静かに疲れをだきとってやり、家庭を憩《いこ》いの巣にするという、優しみに欠けていた。

たまきもまた、はみだしそうな大きな黒目にあふれるような情熱を、内にもちあつかいかねた火の女だった。

夢二の心が、幼くて可愛いよりも、うるさい子供と、次第に根の生えたような古女房としての重みをつけてきたたまきの圧迫から逃れて、疲れをいやそうと、次第に家を外にするにつれ、たまきの嫉妬と焦躁はお定まりのコースをとっていく。

「もう、あたしがいやになったんでしょう」

「あたしはどうせお婆さんだから、もっと若い女の子があなたにはよくなったんでしょう」

そんな厭味を浴びせるたびに、たまき自身が自分のことばの卑屈さに傷つき、人一倍自尊心の高い誇りが痛めつけられていく。

凡俗な倦怠期の夫婦げんかに、まともにぶつかるのが厭で、夢二は、いっそう家をあけがちになっていく。

「はっきり、男らしくしたら、どうなの。あなたはもう、あたしなんか、顔をみるのも厭になってるんでしょう。かくしたってわかるわよ。あなたのこの頃の冷たい態度がみんな証明してるじゃありませんか。子供なんか、いつだって始末をつけますよ」

たまきに言葉はげしくせめよせられればばられるほど、夢二は、石のように心をとざしてしまう。たまきとの生活の破局は、もうどうしようもないところにまできているとは承知していても、たまきの方から先手をうたれ、威丈だかに、進退をせまられては、いよいよ興ざめてしまうのだった。

「どうせ、こうなれば、ぼくたちの間は、やり直しはきかないよ。お前が悪いとか、ぼくが悪いとかいうんじゃないんだ。愛しあって一緒になって、お互いここまでそれぞれ誠意をつくしてやってきても、こういうどうしようもない所へ追いつめられてしまう。それが人間の哀しさというものかもしれないよ。でも、ここまで一緒についてきてくれたお前に、無責任な態度はとらないつもりだ」

「言いわけなんかはもう、聞きたくないわ。要するに、お前に飽いて、顔をみるのも厭だっていえばいいのよ」

「すぐそういうふうにしかとらないところが厭なんだよ。一言いえばヒステリックに、自分の感情本位でしか物事が見られない。自分の考えだけが、世の中で正しいと思ってるのか」

結局、話しあいは最後には行きつくところまでゆき、果は、結論のつかない口論になっていく。

そんなことの繰りかえしの果に、夢二は、一先ず、自分のこの重苦しい環境から逃れるために、一人で外国へ出かけてみようというプランをたてた。

その留守のたまきと子供たちの生計を支えるため、日本橋にたまきが店番の出来る美術店を開き、婦人物装身具、染色品、自作の錦絵などを並べた。装身具の図案も、着物や帯の図案も、全部、夢二自身がやったので、その店は、夢二ファンの少女や女たちにとっては憧れの店になった。「みなとや」と名づけたその小さな店は、たちまち、日本橋の名物の一つになってしまった。たまきと子供たちは、「みなとや」へ寝泊りするようになったので、夢二は妻との別居生活が実現出来た。たまたま旅券を申請中に、欧洲大戦が勃発したので、夢二の渡欧は自然消滅の形をとってきた。

夫婦別居の自由さのまま、夢二は「みなとや」の半衿や、浴衣や帯の図案に思いの外の情熱を示しはじめ、「みなとや」で売る木版画にもいっそうの工夫をこらすようになって、店はいよいよ繁昌していった。皮肉なことに、たまきは、店が勢いづくにつれ、店への情熱を失い「もう店番なんかいやになったわ。あなたは外国行をやめにしたら。やっぱり親子みんなで一つ家で暮してみましょうよ。あたしも、悪かったところはあらためますから」

と折れてきた。夢二にしては、別居という形で、心身の自由と平安を保っているからこそ、「みなとや」の面倒もみる気になれるのであって、一度さめたたまきへの愛がかえったわけではなかったのだ。

それでも十年近い夫婦の生活には切り難い絆がからみついている。夢二もたまきも、別れようとあがきながら、ふいに長い生活の習慣がなつかしくなり、互いに相手を哀れまずにはいられなくなる時があった。

夢二は富山県の泊町の温泉宿から、突然たまきに至急来るようにという便りをよこした。雪にとざされた北陸の冬の旅愁が夢二に愛のさめはてた古妻をなつかしみ、あわれむ心情をかきたてたのだろうか。けれどもこの唯一の和解のチャンスも、運命は最悪の状態で破壊せずにはおかなかった。いつもの口論が昂じたあげく、夢二はその頃、持ち歩いていた村正の短刀でたまきを刺すという事件をひきおこしてしまったのだった。物のはずみにせよ、骨まで達した短刀は、逆上した夢二の手でも、かけつけた他人の手でもぬけず、気丈にもたまき自身が、ひきぬいてようやくその場がおさまった。

もう、どうとりつくろう方法もないほど夫婦の間は荒《すさ》みきっていることを確かめただけのこの旅で、皮肉にもたまきは三人めの子供を妊《みごも》ってしまった。

たまきも、夢二もこの思いがけない結果には不意をつかれたが、どうしようもなかった。

その頃、「みなとや」へ集る定連の画学生や女子学生の中に美術学校の学生の笠井ひこ乃がまじっていた。

ひこ乃は下町の旧い薬問屋の娘だった。

母を早く失い継母に育てられていたが、父に溺愛されていて、暗い影はなかった。

色の白い、笑うと糸切歯の愛嬌のある娘で、明るく素直な性質が、誰にも好感を持たれていた。「みなとや」へ来る若い男たちは多かれ少なかれ、美しいたまきに慕情をよせていたし、女たちは、言わず語らず、夢二の絵と共に、作者その人に憧れを寄せていた。

青山学院の学生だった東郷青児もよく「みなとや」へ寄る一人だった。夢二の愛を失っているたまきは、若い画学生の目には、たまきが美しいだけにロマンティックにもあわれにも見えて淡い恋心をさそわれる。たまきもまた、若い学生たちの心を適当に利用して、自分の心の空虚さをまぎらわしていた。

ひこ乃はたまきにもなついたけれど、お嬢さま育ちの天衣無縫さで、夢二への興味も愛慕をも大胆に表明した。

たまきにむかっても

「あたし、夢二先生大好き、あんなに優しそうで無口で、おとなしく見えるのに、先生ってドンファンですって?」

と、無邪気に訊く。

「ドンファンだったら、ひこ乃さん夢二を嫌いになる?」

「さあ、わかりませんわ。でも、女にたくさん好かれる男の人って、やっぱり魅力があるからでしょう。ドンファンに誘惑される女だって、ドンファンが魅力的でなくちゃあ誘惑されきらないと思うわ」

「危ない危ない、ひこ乃さんは、さあ誘惑して下さいっていってるみたい」

たまきは、ひこ乃の世間知らずから来る無邪気な大胆さや、怖いものしらずの思いきった発言をからかいながらも気が晴れていく。

ひこ乃の素直さと、明るさは、ひこ乃の上品な美しさに女らしい魅力をそえている。けれども、ひこ乃はまだ、磨かれない宝石の原石のようなものだった。ひこ乃の美しさや才能に憧れる若い学生たちも多かったが、ひこ乃が手放しで夢二崇拝熱を披瀝するので、さすがに誰も手をだしかねていた。

ひこ乃は、「みなとや」へ寄り、ひとり住いの画室へ帰る夢二について、いっしょに「みなとや」を出ることもあった。

「毎日来てるんですか」

「毎日ってこともありませんけど……でもたいてい行っています。学校の帰りにちょっと寄らないと淋しいんですもの」

「面白いのかねえ、ああいう店に集って」

「だって、行くからこそ、こうして先生にお逢い出来るチャンスもつかめますわ」

夢二は愕いたようにひこ乃をふりかえる。ひこ乃のつぶらな瞳は、子供のように無心にみひらかれて夢二をみつめかえす。

――まだ子供なんだな。自分のいってることばの重大さがわからないんだ――

夢二は、ひこ乃の長い袂の黄八丈の着物に肩あげのあるのをみとめ、心の中でつぶやいている。

「先生はなぜ、奥さまと御いっしょにお住いになりませんの」

ひこ乃は思ったことは何でも訊いた。

「夫婦でも肉親でも、仲がよくなればなるほど、傷つけあいもひどくなるものですよ。たまきはひとりでおくと、いい女だけれど、ぼくと暮すと悪くなる。ぼくも、たまきと暮すと、ぼくの一番悪い面が押えようもなく出てしまう。お互いがお互いを不幸にするとわかってるから、お互いの傷を少なくするため別居してるんです」

「でも、先生おひとりで御不自由じゃありません？　それにお淋しくありません？」

「そりゃ、そういうこともないじゃないけれど、それも自分のわがままからまねいた結果だから、がまんしてるよ」

「何だか、あたしには、奥さまもおかわいそうだけれど、先生の方がもっとかわいそうなよう」

ひこ乃の目に涙が光っているのを見て、夢二ははっとした。こんな純粋な、私欲のまじらない清らかな女の涙はこのところ長くめぐりあったこともないと思った。

喫茶店に誘っても、ひこ乃は遠慮せず従った。夢二といっしょなら、どこへでもついていくという信頼しきったひこ乃の態度は、やはり、男の自尊心にはこころよかった。

コーヒーカップを持つひこ乃の手の美しさが女の美しさに敏感な夢二の目をひいた。ひこ乃の手は甲が薄く、手首が折れそうに華奢で、青味を帯びたすき透るような白さをしている。指は先すぼまりに細くしなやかで、節というものがないように目立たない。爪は短くかりこんでいるが、桜貝をふせたように、ほのかに色づいていた。

「きれいな手をしているね」

夢二は思った通りにいった。あらっと、目をみはったひこ乃は、みるみる細い首筋から、薄い耳まで、一気に染めあげると
「先生にほめられた手なんてありがたいですわ。はい」

と、まるで貢物でもさしだすように自分の両掌を並べて、テーブルごしに夢二の方へさしだした。

「さしあげます」

夢二も笑って、その手を自分の掌にのせ、撫でながら
「これは芸術家の手ですね」

「あたし、絵を本気でやっていきたいんです。前は日本画の先生についていたんですけど、やっぱり洋画をみっちりやりたいんです。先生、時々、みていただけません」

「ぼくでよかったら、みるだけみてあげよう」

「まあ、うれしい、ほんとよ。じゃ、げんまん」

ひこ乃は雀踊《こおど》りしそうにして、小指を夢二の小指にからませてきた。糸切歯を出して小首をかしげ、夢二の目の中をのぞきこむように笑う。

夢二は、つい昨日だったか、画室へ子供を背負ってきたたまきが、珍しく、厭味もいわず、おとなしく帰るまぎわ

「あなた笠井ひこ乃って娘覚えてる？　美術学校の学生よ。色の白い、ちょっと弱々しい子だけれど、とてもきれいな娘」

といったのを思いだした。

「さあ、見ればわかるだろうけれど、それだけじゃすぐ浮んで来ないさ。でもその娘がどうかしたのか」

「あなたに夢中なのよ」

「ばかな」

「いいえ、そりゃ、そんなの珍しくもないけど、その娘ちょっといいですよ。いつか一度ゆっくり逢ってみてごらん」

と、まるでそそのかすようにいったのを思いだした。たまきの真意がわからないまま、そのことばが心にひそんでいて、今日ひこ乃とこうして、逢っているのかもしれないと思った。たまきが、こういうようにおれの生活の何から何まで、いや感情生活や、魂の中までふみこんできて、自分の思い通りにしようとするのがたまらないのだ。この娘を好きになっていく自分の心まで、たまきの手の中で自在にあやつられていると思うとたまらない。急に不機嫌にだまりこんだ夢二に、ひこ乃は心配そうに

「あの、どうかなすって」

と小首をかしげてきた。

その翌々日、早速、たまきが、子供を背負ってやってきた。夢二は子供は嫌いな方じゃないけれども、この三番めの男の子だけにはどうしても自然な愛情がわいて来ない。夫婦に愛がなくなって、別れ話がこじれている中で、まったく腐れ縁のかすがいのようにあてつけがましく出来てしまった赤ん坊だと思うと、生れた子に罪もないのに、夢二はこの子を抱きあげる気にもならないのだった。それがまた、たまきにはこたえると見えて、この赤ん坊をあてつけがましく背負っては、まるで夢二の無責任さをなじるように、その刑罰のように、赤ん坊の泣き声を聞かせにくる。少なくとも夢二にはそうとしか受けとれない。

「昨日、ひこ乃さんとお話ししたって?」

たまきは、相変らずそこだけは、十年前とかわらない燃え上るような瞳でまっすぐ夢二の心を見透すように見つめてくる。

「うん」

「パウリスタへいったんですって? コーヒーとエクレールをたべたんですって」

「何もかもわかってるなら、聞かなくていいじゃないか」

「どう? あの娘」

「……」

「いいでしょう。素直で明るくて……あたしもあの娘ならいいわ」

「どういう意味だい」

「ねえ、これ、本気なんだけど、あなたにはやっぱり、あたしのような気の強い我の強い女は向かないのよ。あなたはあなたの芸術を完成させるためには、ひこ乃さんのような神経をやすませてくれる明るい素直な女の慰めが必要なのよ」

夢二は思いがけないたまきの云い分に警戒心半分で耳をかたむけた。

「ね、あの人をあなたにもらってくるわ。そしてみんなで仲よく暮しましょうよ。あたしは子供のために生きるわ、『みなとや』もやりとおすわ」

「おいおい、気でも狂ったのか。そんな非常識なこと出来るものか」

「非常識ですって？　どうせ、芸術家なんてはじめから常識の枠を外れているのよ。内緒でわけのわからない商売女とこそこそされるより、ずっとその方がすっきりしてるわ。あの娘はもうすっかりあなたに惚れこんでいるから、あたしは説得する自信は充分あるのよ。あとはあの娘の家族の問題だけど、それはあたしが話をつけてきます」

「おいおい、ひとり合点もいいかげんにしろ、まだ、ひこ乃くんとぼくは逢ったばかりじゃないか」

自分本位の考え方しか出来ないのが、日頃のたまきの性格だった。そのうち、たまきは自分の空想がどうしても実現不可能でないと思いこみ、ついにある日、ひこ乃の家へ単身のりこんでいった。

「お宅のお嬢さんをうちの主人のところにいただかして下さい」

ひこ乃の父親は驚いてたまきの顔を見直した。たまきが熱心に説得しようとすればするほど、たまきは頭がおかしいのではないかと疑われた。結局、たまきの気持は一向に通じず、かえって、不道徳で破廉恥《はれんち》なことを考えているあんな女や、その夫の許へ出入りすることはならぬと、ひこ乃は父親から、ほとんど軟禁されてしまった。たまきが

「お宅のお嬢さんだって、私の夫を愛していらっしゃいます。女は愛する男の許で暮すのが一番幸福じゃありませんか。それに私の夫は才能のある画家で、将来性もあります」

といったものだから、ひこ乃を溺愛していた父は、ひこ乃に裏切られたような気がしてきた。ひこ乃の父は、以前、神経衰弱が昂じ、ほとんど狂気の境までいったことがあり、今でも、考え方が直情で喜怒哀楽が普通人より、病的に激しかった。

まるで、ひこ乃がすでに夢二と肉体的にも通じてしまったかのような勢いで、ひこ乃の監視は厳重を極めた。

もうその頃は、夢二とひこ乃はやみ難い情熱を互いの上に感じあい、精神的な愛を誓いあってはいたものの、夢二はたまきのいうように、二人の女と一つ家に枕を並べて暮すような奇矯な生活は想像しただけでも厭だった。たまきのおせっかいで、かえってひこ乃と逢えなくなったばかりか、手紙もなかなかもらえないような状態になってしまったので、夢二は思いきって、

東京を逃げだすことにした。

別れようとしても別れきれないたまきとの腐れ縁に対する自己嫌悪も手伝い、夢二はすっかり厭世的な気分になっていた。

夢二は京都の祇園八坂神社の裏にあたる高台寺のあたりに、とにかく住いをみつけて落着こうとした。

夢二が京都へついてまだ落着くひまもない時、いきなり一枚の電報が舞いこんできた。

「タマキニゲタ、ヒコハソチラヘオクル、サンキチハハタヘクレテヤル、シヨウチカヘン」

東京の夢二の画室の近くに住んでいて、何かと夢二の面倒をみてくれていた知人の妻からの電報だった。

その頃、すでに長男の虹之助は、岡山の夢二の両親の許にあずけられていたので、たまきは五つになる不二彦と、両親に歓迎されず生れてきた哀れな三男の赤ん坊をつれていたのだ。

電報の発信者が、ある日、子供の泣き声が画室でするので、のぞいてみたところ、五歳の不二彦が背中に赤ん坊をくくりつけられ、たまきの書置きを持たされて、壁のすみで泣いていたのだという。

たまきの出奔で、ようやく夢二とたまきのずるずるつづいていた縁も断ちきることが出来た。

夢二は不二彦をひきとり、三男は貰い子にして人にくれてやり、「みなとや」は閉店して、そうすることによって得た金のすべてをたまきに与え、十年の二人の生活の幕を閉じた。

京都の家は如何にも京都らしい紅殻格子のついた旧い二階屋で、手ぜまでも静かで美しい環境の中にあった。女中を置き父子二人の生活が淋しい中にも、長閑《のどか》にはじまっていた。

雪をいただいた四囲の山脈の美しさが、朝目がさめて戸をくるとすぐ、夢二の目に映り、外へ出ると、ひっそりとしたあたりの風物の中には、東京にはもう一日毎に失われていく自然が、なまなましく息づいていた。空も、空気も、絹ごしのように柔かく、靴先に当る石ころひとつにも、崩れかけた築地の上にのびる草一本にも、歴史がこもっているように見える。

塔も、寺も、人気のない道も、すべてが夢二のスケッチ帖の中へおさめられていく。

底冷えのきびしい冬の間は、不二彦をつれて好きな北陸や山陰の温泉めぐりに渡り歩いたり、春になると、京都へ帰る前に、故郷を訪れ、祖父母にあずけられっぱなしの虹之助を見舞ってやったりした。

明るい瀬戸内海ぞいの白い村々や、鉄道が出来てすっかりさびれてしまった港の風景など、やはり夢二にとっては恰好の画題になった。

そんな間にも夢二はひこ乃とは密かに連絡をとりつづけていた。手紙も葉書も夢二の方からは大っぴらに出せないので、ひこ乃が以前長唄を習っていたわけ知りの師匠の許へ送ることにして、ようやく連絡をとっていた。

ひこ乃の方の監視も一向にゆるみそうもなく、頑固一徹の父親は、夢二のことを、娘をきず者にした恋仇のように憎んでいた。

ひこ乃は銭湯へ出るのも監視つきの有様で、葉書一枚書くことも出すことも不自由だった。そんな環境からようやっと届けられるひこ乃の短い、それだけに思いのたけを叩きこんだような情熱的な手紙は、夢二のともすれば虚無的でデカダンになる心をひきしめ、失われかけた情熱を燃えたたせたものの、距離と時間は、どうしても夢二の中からひこ乃の俤を薄めていく。

――結局は三人もの子を残され、女房に逃げられた中年男が、ひこ乃のような良家の処女と結ばれようとするのが、虫が好すぎるのではないか。ひこ乃にはひこ乃の人生が開けていくのだろう――

そんなあきらめも覚えさせるような京都の静かさの中で、ようやく夢二は子供相手の孤独さをもてあましてきた。

川ぞいの町には一夜妻になる女たちが衿白粉をぬりたてて待っていた。京都の女たちの柔かなことばの奥にひそんだ冷たい打算や、冷酷さも、本気で惚れる相手と思いさえしなければ、耳にだけはやさしく通りすぎていく。

「気にいったよ。女房にしようか」

「へえ、おおきに」

女も遊びとわりきって、夢二の冗談を右から左へうけ流す。自分を汚していけばいくほど、ひこ乃の清純さに対して、自分の恋は報われる資格を失い、成立し難くなるのだと思う被虐心で、われとわが身を傷つけ、夢二はいっそう、なだれこむように川端の家の暗い灯影の放蕩の中に溺れこんでいった。

そんなある春の朝、夢二の許へ俥夫が一通の手紙を持って来た。夢二も少しは面識のある名の売れはじめた女絵かきの栗山朱葉だった。

「いま着いたところです。町の様子がわかりません。つれにきていただきたいのです。いそぎおめもじのうえ山々」

と走り書きしてある。朱葉もひこ乃を可愛がっているということは聞いていたので、夢二はとにかく使いの俥夫の車に乗って五条小橋詰の木屋町の彼女の宿まで出かけていった。

夢二の顔をみるなり、暗い京づくりの玄関の上りがまちから、朱葉はいきなり

「夢二さん、ひこ乃さん、京都へ来ますよ」

と浴びせかけた。夢二には寝耳に水だった。

「まあ、彼女知らせて来てないの」

「ええ、ちっとも知らなかった」

「じゃ、きっとびっくりさせようと思ってるのね。でも、手紙書くひまもないのかもしれない。そりゃあもう、ここまで漕ぎつけるのが大変だったのよ」

あけっぴろげで、世話好きらしい朱葉は、見るからに人がいいらしく、夢二を旧知のように座敷にひきあげ、加茂川の見える部屋に通した。

「あなたのお住いはどのあたり?」

川の向うに東山がなだらかに背をみせ、その山ふところまで、黒い低い京の家々の家並みがつづいている。

「あの、八坂の塔が見えるでしょう、あの下なんですよ。うちの座敷からあの塔がすぐそばに見えるんです」

「ひこ乃さんが来ても大丈夫?」

「え?」

「すぐ彼女といっしょに棲めるようなおうち? それから、邪魔者はいなくって?」

「まさか、清浄潔白、孤独な生活ですよ」

夢二は、たちの悪い病気を治す赤い紙のはった劇薬のお世話にもなっているこの頃を内心恥じながら、やはりひこ乃が来るということが夢のようにしか思えない。すぐ来るって、いつ来るのだろう。それまでに病気は治しておけるだろうか。清浄なひこ乃を抱きとってやらなければならないという時に、何てへまをやってしまったのだろう。

考えてみると、この頃通っている川端の家の桃色の壁をした部屋の女は、糸切歯があるところと、細い鼻筋と、いつでもうるんだようなやさしい瞳がどこかひこ乃に似ているのに今気づいた。やはり自分はひこ乃の俤を求めていたのかと自嘲されてくる。とはいっても、この一、二ヵ月の放蕩を朱葉にもひこ乃にもつげられるものではない。

「そりゃあ、情熱的なのよ、ひこ乃さんて。長いつきあいでよく識ってたつもりだけど、女って、恋をしないと本性をあらわさないのね。絵なんかどうなったっていいの、ただ、先生の所へゆきたい、ゆきさえすればいいって、こう手放しなのよ。それであたしもさんざん考えて、広葉先生に何もかもうちあけて一芝居打っていただいたのよ。ひこ乃さんのお父さんは事大主義で権威に弱いでしょ。文展の大御所が口をきいてくれるんですもの一たまりもなかったわ。それに広葉先生も、さんざんあっちの方では苦労なすってるし、芝居っ気があるから、すましてひこ乃さんは女としては将来、有望な才能を持っています。今のうちに京都へ修業にやって、一、二年みっちり勉強させるのが得策でしょうっていってくださったの。お父さんもすっかりのぼせてしまって、娘はものになりますでしょうか、それならおまかせしますってことになったの。それで、広葉先生のお世話で、確かな下宿を世話するということになって、その確かな下宿というのが、あなたの家という段取りなの」

夢二は、いきいきした朱葉の仕方ばなしにつりこまれて、思わず笑ってしまった。

まだ出来すぎた話で夢のようだけれど、ひこ乃が自分への愛を貫くため、家出の決心までしていたとは、やはり夢二を有頂天にさせる喜びだった。

「いつ来るんです」

「私が電報をうち次第、すぐ」

夢二がとっさに顔色をかえると、朱葉はさも面白そうに華やかな笑い声をあげた。

「まさか！　いくら飛びたつ想いでも、女の家出ですもの、支度があれこれかかりますよ。一週間か十日はおくれるわね」

　ひこ乃からは朱葉あてに
「マツテチヨウダイ四五ニチウチニ」

という電報が届いたが、四、五日のち、朱葉が長崎へ発ってしまってもひこ乃はあらわれず、一週間が十日になっても、ひこ乃のやってくる気配はない。

　夢二は、ひこ乃が来ると識ってからは、もう仕事も手につかず、終日、空や山ばかり眺めて、まるでひこ乃が空から舞い降り、あの紫の山の背をすべりおりてでもくるように、二階の画室の窓によりかかって暮していた。

　不二彦に声をかけるのも面倒なほど、ひこ乃の俤で胸がいっぱいになっていた。

　京都へ来て以来、落着きなく、旅ばかり重ね、川端の部屋に通いつめたりしていたのも、所詮はひこ乃への断ち難い恋情を忘れようとするはかない抵抗だったのかと思い知らされた。ひこ乃とのわずかの逢い引にかわしたひとつびとつの会話や、ふとしたひこ乃の表情が、堰をきって、夢二の胸の中にあふれてきた。それらは、忘れられていたのではなく、無理やり心の襞の奥へ押しこめられていたのだった。

　夢二は後に、「出帆」の中で
「京都時代は、生涯のうちで最も光彩陸離《こうさいりくり》なロマンチックな場面に富んでる」

と語っている。

これは要するに、京都でひこ乃と同棲した思い出が夢二にこれほど京都をなつかしませるのであって、実際には大正六年七月から同八年まであしかけ三年しかいなかった京都で、ひこ乃と暮したのは七年六月から八年十一月までだった。その間にも、ひこ乃は父にひき戻されているし、正味は一年あまりしか一緒に暮していない。しかもその間、ひこ乃はほとんど病気になり、病院暮しや、家でも床についていることの方が多かったのだから、光彩陸離という華やかな表現とは、およそ縁遠い生活であった筈である。

それでも尚、夢二をして、ひこ乃との、他から見ればおよそ暗い濃霧に閉ざされたような生活の季節を、光彩陸離たるロマンスと呼ばせたのは、夢二の、ひこ乃への愛の思い出が、生涯の女たちの中でも、最も純粋で、清らかなものでみたされていたからだろう。

ひこ乃に見せたかった家のまわりの桜も、鹿ヶ谷から法然院の方へ流れる川岸のみごとな桜並木の桜も、いつのまにかすっかり散りつくし、祇園の芸者たちの都をどりも楽の日をむかえてしまった。まだひこ乃からは一向に訪れる気配もない。

待ちくたびれた夢二は、やはり、あんまり幸福すぎる現実は、夢だったのかもしれないと半ばあきらめてきた。世間しらずのひこ乃のような小娘が情熱にまかせて、妻に逃げられた子持ちの中年男の許に家出してこようということが、果して生涯の幸福を約束するだろうか。愛を誓ったといっても、数えるくらいの接吻しかかわしていない。ひこ乃が男友だちも多い自由な画学生のようにふるまいながら、夢二の接吻をうけた時、電気にかかったように震え、歯を割ろうとした夢二の舌を、がちがち震わせる歯で噛んでしまったことをみても、夢二はひこ乃が、夢二の手に触れられるまで、どんな男たちにも、手首から上は触らせていなかったことを識った。

あの清らかで素直な娘は、父親の考える金持と結婚した方が幸福にきまってるのだ。そうは思ってみても、夢二はやはり、今となってはひこ乃が欲しかった。矢も盾もたまらない渇望ぶりで、ただもう、ひたすらひこ乃がほしかった。たまきとの時間が苦痛になって以来、紅燈の巷へもずいぶん出入りしたし、銀座のカフェーの女たちとも無責任に遊びもしてみたが、心がみたされたことはかつてなかった。やはりたまきは十年間つれそった古女房で、夢二の嗜好を何から何まで見ぬいていたといえるだろう。「あなたにむくタイプ」と、たまきがきわめつけたひこ乃は、夢二の理想の女に近かったのだ。

もう、これ以上、あてもなく待つ辛さに耐えられなくて夢二は心をふるいたたせ、ひこ乃騒ぎで中断していた個展の制作に取りかかろうと、久々にカンバスの埃を払った朝のことだった。

アスアサ七ジツク一六バンマイバラマデムカエニキテ

いきなり開いた電報の文字の一つ一つが目の中に躍りこんできて、夢二は電報をつかんだまま、二階へかけ上っていった。何度読みかえしても、明日朝七時にひこ乃の乗った汽車が着くという報せなのだ。もう仕事など手につかない。

夢二は爽やかな初夏の街へとびだしていって、骨董屋やカーテン屋や装身具屋へ片っぱしから入っていった。ひこ乃のために、あれもこれも買い調えて待つべきだったという考えが、はじめて浮んできた。

「まるでもう、娘をお嫁にやる母親の心づかいです。今夜も、もう三時です。やっといま友禅のね蒲団を縫いあげたところです。これで水仕事も出来るように、ふだんのキモノも洗濯しました。それにじき夏でしょう。あれもこれも――」

一番最近着いたひこ乃の手紙の文句が、街を行く夢二の目の中によみがえってくる。待つ身の辛さを知らないでと、ひこ乃の暢気《のんき》さに腹を立ててしまった手紙だった。ひこ乃が自分との新しい生活にどれだけ真剣にとり組んで、あれもこれも、夢二に負担をかけまいとして、家から持ち出そうとたくらんでいる心根のいじらしさに、今になって夢二はいとしくて涙があふれそうになってきた。

六兵衛の夫婦茶碗、象牙の夫婦箸、小ざっぱりした紺地の夏向きののれん、ひこ乃に似あいそうな古渡り珊瑚とべっ甲細工の花簪《かんざし》、そんなものを腕いっぱいに買い需めて帰っても、まだひこ乃に逢う時間まではたっぷり十時間はあった。

翌朝未明に起きて、夢二は米原まで出かけていった。朝七時、ひこ乃の乗った急行列車は米原駅へこともなげに走りこんできた。

夢二は一直線に寝台車へ駈けつけ、ひこ乃を探すために飛び乗った。

洗面所の前で出あいがしらに出て来たひこ乃と逢った。口もきけず、ただにっと笑いかけた糸切歯と、みるみるうるんでくるつぶらな瞳がひこ乃の感情のすべてを語りかけてくる。手にした桃色のタウルの色が夢二の目にしみた。夜汽車の疲れを恋しい人に見せまいと、あわててした薄化粧の白粉が、朝日の中に、ほのかにまだらに浮いているのもいじらしい。

「よく来たね」

夢二は言葉より早く、ひこ乃の肩をつかんだ。はっとするほど薄い肩のやつれに、ひこ乃の家出決行までの十ヵ月にもわたる苦労の切なさがしのばれる。

夢二はこのまま、七条の京都駅までいっしょに乗ってくれるものと思っているひこ乃の荷物を大至急でまとめてしまい、プラットフォームへ運び出した。

「とにかくおりるんだよ」

ひこ乃は理由もきかず、ただ夢二のするままにまかせている。もうここまで来れば、夢二ひとりにすべてを預けきればいいのだという安心感から、ひこ乃は始終幸福そうなごやかな微笑をうかべていた。

列車を乗りかえ、夢二は石山でひこ乃をおろした。瀬田川のほとりの静かな宿にようやく荷物をおろし、二人は瀬田の唐橋まで散歩に出かけていった。

ひこ乃とのはじめての夜を、不二彦や女中と共にすごさせ、気をつかわせたくないという夢二の思いやりが、瀬田の橋の上に並んで流れを見下していると、ひこ乃の胸に湯のようにしみてくる。湖の向うの晴れた空に、くっきりと近江富士といわれる三上山がそびえていた。

ひこ乃は夢二がふりむくと、いつでもずっと夢二をみつめていたような熱っぽい目をあげて笑いかえした。

「後悔してない？」

「いいえ！　夜明けに逢坂山のトンネルをぬけて、知らない山を見た時は、生れてはじめての一人旅でしょう。何だか心細かったけど、もうすぐお逢い出来るのだと思うと、嬉しくって」

こんな可愛いひこ乃と一年近くもよく別れていられたものだという愛憐の想いが夢二の胸にたぎってくる。

「もう、放さない」

返事のかわりに、ひこ乃はつと袂で夢二の手をおおい、その下できつく小指をからませてきた。東京の喫茶店ではじめて美しいひこ乃の指をほめ、指きりをした日から、もう数年もすぎたようなはるかな想いがする。

禁じられ、せかれたために、かえってふたりの恋は内向し、執拗に燃えくすぶって火力をたくわえたのかもしれなかった。

宿の二階の部屋で、国境の連山と、光る瀬田川の流れを背景にひこ乃は窓際の手すりにもたれて、膝を崩していた。逆光線をうけて、ひこ乃の白い顔は柔かくかげり、ゆるんだ衿もとから白い肌が匂った。旅疲れと、恋人にめぐりあえた興奮とがいりまじり、ひこ乃の表情に、けだるさとなまめかしさがにじんでいた。

夢二の絵かきの目がそんなひこ乃のポーズを捉えた。モデルを見る時の細めた視線になったのを見つけ、ひこ乃は自分も絵かきらしい心づかいから、見られている姿勢をたもったまま訊《き》いた。

「展覧会の作品はお出来になる？」

「なかなか……ぼくはやっぱりモデルがいる絵かきなんだね。今度はモデルなしでやってみようと思ったんだけど……実生活もそういう面があるね」

「どういういみ？」

「一人じゃ淋しがりで暮せないし、仕事が出来ないということだ」

「今日からは……お出来になるわ」

ひこ乃は自分にもいってきかせるようなひくい口調でつぶやいた後、さっと衿元から首すじへ、紅筆をはいたように血をはしらせる。

親にそむき、世間をせばめ、処女の身で家出までしてきた情熱が、この華奢な軀のどこにひそんでいるのかと思われるような痛々しさがあった。

その夜、ひこ乃は夢二がひきよせると、霧のような軽さで、ゆらと夢二の腕の中に流れこんできた。

しっかりと目を閉ざし、長いまつ毛の影をおとしているひこ乃の頬は、酔ったように上気し、軀は夢二が触れる前から燃えるようだった。

「熱があるんじゃないの」

思わず、夢二が手をとめると、ひこ乃は細い眉根をかすかにふるわせ、痛みに耐えるような表情をして、言葉はなく、首をふった。

夢二はその夜のひこ乃によって、生れてはじめて処女の血の清らかさと、処女を犯す男の歓びを味わった。たまきをはじめ、かりそめの遊びの女の数をあげれば艶福家として世間に通っている名を恥ずかしめなかったが、夢二はひこ乃を抱いてみて、自分がこれまで女を愛したことはなかったのだということを識らされた。

たまきとの恋のはじめは、たしかに熱烈だったけれど、二十二や三の時の、年上の未亡人との恋と、三十歳の男ざかりに、二十歳の処女を愛するのとでは比較にならない。

「あたしは母が早くになくなったでしょう。だから、こういう甘え方をして寝た思い出がないんです。何だか、とても安らかだわ」

ひこ乃は夢二ののべてやった腕の上に、細い首をそっとのせ、柔かな顎を夢二の肩のくぼみにすっぽりと埋めてきた。まだはじらいをのこして、おずおずさしだしてくる脚を夢二の脚がすくいとって母親が幼児にするようにすっぽりとはさみこんでやると、ひこ乃はかすかに肩をふるわせて泣きだした。処女を失った女の感傷かと、夢二がだまって髪を撫でてやる間に、ひこ乃の涙はおさまった。

「悲しくて泣いたんじゃありませんのよ。人間って、幸福すぎる時に泣けるっていうけれど、

「ほんとうなんですね」

とささやく。夢二はその目の位置で、はじめてひこ乃の左の衿足に、人相筆で描いたような愛らしいほくろがあるのに気がついた。そのほくろに接吻せずにはいられなくなった時、夢二はひこ乃を折れるほど抱きしめてささやいていた。

「死んでも放さないからね。ぼくをのこして死ぬんじゃないよ」

着物をぬいだひこ乃の軀が、まるで浮世絵の女のように肩も腰も細く、骨がとけそうにか細いのを識った今では、夢二はなぜかひこ乃が、霧の中のひなげしのように頼りなく儚く見えてならないのだった。


京都の夏のむし暑さをさけて、夢二はひこ乃と不二彦をつれて、加賀への旅を思いたった。腸をこわしやすい不二彦が、暑さと共に慢性腸カタルのようになってぐずついているのを温泉で治したいという目的もあった。

夏のはじめから、秋口にかけて四ヵ月ほど三人は加賀の旅から帰らなかった。不二彦がとうとう腸カタルをこじらせ、金沢の病院へ入院するやら、滞在費の捻出のため、夢二が金沢で個展をやるなどして、結構心あわただしい毎日だったが、夢二とひこ乃の間はこの旅の間に、いっそう確固とした愛を育てていた。なさぬ仲の母に育てられた覚えのあるひこ乃が、不二彦に気をつかうのは、かえって痛々しいほどだったが、それでも時には不二彦を仲に、思わぬ心の対立やあつれきのまじる日もあった。そんな時でも、ひこ乃の方がいち早く素直に折れてくるので夢二はいっそうひこ乃の優しさにひきつけられていった。退院した不二彦をつれて、山奥の温泉に出かけた頃には、ひこ乃はもう、誰の目にも夢二の妻にふさわしい落着きと、娘時代にはなかった色気が首筋や肩や腰にあふれ匂っていた。

丸髷に結ってみたりして、ひこ乃は身も心も新婚の幸福に酔いしれているように見えた。不二彦も美しくて若いひこ乃になついてはいたが、姉ちゃんという呼び方をかえようとはしない。夢二もひこ乃もそれを強いて改めさす気もなかった。

ひこ乃をはじめて抱いた時、霧の中の花のような脆《もろ》さを感じ、ある昏い不吉な予感を夢二は感じたのを、この頃になっていっそう思いださずにはいられなかった。官能の歓びが今はひこ乃に底知れない快楽を与えはじめているのがわかるだけに、夢二はひこ乃の芯の弱い軀が、いつかひこ乃の情熱に喰い殺されるような不安を覚えずにはいられない。ひこ乃に微熱がつづいていることも、夢二はひこ乃自身よりも気になっていた。

ひこ乃の病気がついに表に出たのは、その年もあけて、底冷えのきびしい京都の冬がようやく去ろうとする頃だった。

夢二がひそかにおそれていたように、やはりひこ乃は胸の病気を持っていた。性生活がこの病いをめざめさせ、あるいは進行させることを識っていた夢二は、まるでひこ乃を殺すのは自分のような心苦しさにさいなまれた。

「好きな人と暮して、好きな人のところで死ねたら、一番幸せじゃないかしら」

ひこ乃のそんないじらしいことばを聞くと夢二はいっそう悲しまされる。

この女のためなら、性をぬいた清らかな夫婦生活だって耐えてゆかれる——夢二はひこ乃の病んでいっそう美しく、一日ましに無垢《むく》にさえなっていく顔を見守りながら考えていた。

「来年はふたりきりでヨーロッパの旅に出よう。三年ばかり、のんびり暮して来よう。そうしたら、ひこ乃だってまた絵をかけるかもしれないし」

「あたしはいいの、先生のような天才ではないんですもの。あなたの絵が生れることがあたしの絵の生れることですもの。でもヨーロッパへつれてって下さるのは嬉しい。早く元気になっておかなくちゃあ」

「そうだよ。今度の京都の展覧会は、素晴しいものにしてみせるよ。それが成功すれば、二人の旅行の滞在費くらい出してくれる話も出来ているのだ。きみのお父さんだって、展覧会の成功を結納がわりにしてもらいにいけば許してくれるかもしれないし」

「先生はやさしい方ね……昔、あたしは先生がドンファンで薄情だっていう評判を真にうけて、そういう人に怖いものみたさで近づきたい気がしていたんだけど……」

「近づいたおかげでとんでもないめにあっちゃったね」

「いいえ、先生はやさしくて淋しい人なのよ。女を捨てたり出来る方じゃない。だから別れた女の人だって一人として先生を恨んだりしていないんだわ」

そんな日がつづくと、夢二もひこ乃も、自分たちが肉親にも世間にも認められていない内縁関係だということなどすっかり忘れきっているのだった。

しかしある朝、いきなりひこ乃の父に寝ごみを襲われてみると、事態は一変してしまった。信じきっていた娘にここまで裏切られていたことに逆上しきっているひこ乃の父は、もう夢二や娘のいいわけに耳をかたむけようとする余裕もなかった。

「わしはあくまで娘を絵の修業のため、京都に来させているつもりだ。今までの部屋代と食費さえ払えば、あんたに文句はないだろう」

「もうごらんの通り、ひこ乃さんとぼくは、只の下宿人の関係なんかじゃありませんよ。ひこ乃さんを愛していらっしゃるなら、ひこ乃さんの心も大切に扱ってあげて下さい」

「自分の女房さえおさめきれなかったあんたなんかに、お説教される耳はもたぬ。さ、ひこ乃、支度しなさい。何をぐずぐずしている。こんな悪魔のところでお前は命をけずりとられているじゃないか」

興奮している父親をなだめる方法は、ひこ乃がひとまず帰京するしかなかった。夢二にとっては嫌悪と憎悪しか抱けないこの男も、ひこ乃にとってはやはり血肉の絆がからみついている。たけり狂う父を見るひこ乃の目には、憎悪はなく、自分の恋が父に与えた打撃の深さを目の当りにして、ただおろおろしているひこ乃を見ると、夢二も、ひこ乃に帰京を許すしかなかった。

ひこ乃がいなくなってみて、夢二はひこ乃が自分の生活の中に、あるいは自分の骨身の中にどれほどしみとおっていたかを思いしらされていた。ひこ乃の父の狂乱ぶりに圧倒されてひこ乃を離したのは自分の命綱を断ったようなものだと思い知らされた。ひこ乃を失った京都にも、日本にもいたたまれない気がして、夢二が外国への旅を思いめぐらせている時、ひこ乃が突然帰ってきた。軟禁状態の中から着のみ着のままで脱出してきたひこ乃は夢二の顔を見てもすぐには口がきけなかった。

「今度こそ、もう離れないと誓ってくれ」

「死んでも、一緒にいますわ」

けれども、父の家に帰ると、すっかり健康になっていたひこ乃は、夢二との生活に戻ると、たちまち、病気をぶりかえした。愛することが、病いを深めるとわかりきっていても、愛しあった二人の情熱を、なだめる方法はひとつしかないのだった。

ひこ乃は今では片時も夢二と離れたがらない。夢二がどうしても長崎へ出かけなければならなくなった時、病いをおして、ついていくといってきかない。

ひこ乃の熱意に負けて、夢二も同道したものの、この無理を承知の旅は、たちまちひこ乃の軀にひびいて来た。別府でひこ乃は胸の再発の上、盲腸炎までおこし、旅先で入院するはめにおちいってしまった。夢二は仕事をすまして別府にかけつけると、宿と病院を往来して、片時もひこ乃の看病をおこたらないようにした。

高熱に眠りつづけながら目をさます度、ひこ乃はまず夢二の顔を探す。

「いるよ」

夢二がひこ乃の手をとってやると、ようやく安心した微笑を浮べるのだった。

「あたし病気をしに来たみたいで、このままじゃ死にきれない。役にたたない軀で先生を苦しめるばかりで」

「ばかな！　そんな月並みな考えを持つものじゃない」

「あたし、先生の赤ちゃんがほしいの、でももうだめでしょうね。こんな軀になったから、よけいそう望むのでしょうか、あたし二十五で死にたいんです、きたなくなって先生のところにいたくない」

「二十五なんて来年じゃないか」

「二年あれば、可愛がられるのにはもったいないほどの長い月日ですわ。あたしが死んでも先生は、お元気で絵をかいて下さいね。生きてる時は、あたしはとても嫉きもちやきだけれど、死んでしまえば嫉きませんわ。先生が淋しい想いをなさるのはいや。先生の心を死んでまでしばりたくないの」

「ばかなことをいいなさんな。ほら、また熱が出る」

ようやく別府の病院から退院し、京都へ帰ってからも、ひこ乃の病気は一進一退だった。もうほとんど病床からおき上る日もないような日がつづいていた。盲腸の手術をするには体力が弱りすぎていたが、やがては切開手術をするしか方法はなかった。

ひこ乃の病気はまたしてもひこ乃の父をひきよせる結果になってしまった。ひこ乃の父にすれば、最愛の娘を誘惑し、必ず、病気にさせてしまう夢二が悪魔にしか見えないのも道理だった。ひこ乃や夢二の気持は全く無視して、遮二無二、自分の好みの病院へひこ乃を入院させてしまった。父と夢二の間に立ってとりなす気力もなくなっているひこ乃を仲にして、夢二は危く、たまきとのかつてのように、護身用の短刀でひこ乃の父を傷つけるところだった。とどのつまり、病院の階段から、組みついたまま転がりおちるという醜態な一幕があって以来、夢二は京都に一日も住む気がしなくなった。

最愛の女が奪われるのをみすみす防ぎきれなかった自分も、そういう世間に通じない自分たちの愛のかたちにも愛想がつきた。見舞うことも許されない状況ならいっそ京都を離れよう。

夢二は不二彦だけをつれて、三年ぶりに飄然と東京へ帰って来た。

不二彦を里子に出して、自分ひとりは宿屋住いをした。今更、もう子供とふたり不自由な家を持つ気にはならなかった。

ひこ乃との生活がなぜか遠い昔のように思われてならないし、すでに死んでしまった人間のような儚さでしか思い出せない。けれどもまだ夢二とひこ乃との運命はきれてはいなかった。

その年もおしせまった十二月になって、ひこ乃は寝台車で辛うじて東京の病院へ運び帰されたのだった。

ひこ乃の父もさすがに死期のせまった娘の恋人に以前ほど冷酷ではなくなっていた。見て見ぬふりをするくらいの礼儀はとりもどしたようだった。

夢二は再会したひこ乃のあまりの衰弱ぶりに声も出なかった。もう生きた人間とは思えないやせ方で、幼児のように小さくなった手で、ひこ乃は夢二の手を握りしめ

「お逢いしたい一心で帰って来たの。やっぱり生きて帰ってよかったわ」

と、瞳だけには、昔の情熱の名残りをきらめかせていうのが哀れで見ていられなかった。

夢二はもう、何ヵ月とは持つまいと思われるひこ乃を見舞うのに都合がいい様、病院に近い本郷の菊坂の菊富士ホテルへ住いを定めた。ホテルとは名ばかりで、一種の高等下宿のそのアパートには、社会主義者や、学者や音楽家や亡命詩人や、様々な奇妙な下宿人がいて、国籍もインド人、中国人、ロシア人とインターナショナルなので、夢二のような風変りの人間がころがりこんでも格別珍しがられることもなかった。

夢二は、時間の許すかぎり、菊富士ホテルからひこ乃の病室を見舞ったが、次第にあまりの痛ましさから、ひこ乃の顔をみるのも辛くなってきた。

ひこ乃はその年がついに越せず、クリスマスもすぎたある夜、夢二にも逢えないまま、短い生涯を閉じていった。

――二十五で死にたいわ――

いつかひこ乃が夢二に話したように、ひこ乃は二十五の最後の月にこの世を去った。大正八年、夢二、三十五歳の暮であった。

ひこ乃の死の傷手《いたで》があまりにも強烈なので、もしや、ひこ乃の後追心中をするのではないかと、友人たちに心配させたほど、一時の夢二は、ひこ乃の死への嘆きに溺れこんでみえた。

夢二は、その後、自殺もせず昭和九年五十歳で、富士見高原の療養所で、ひこ乃と同じ肺患のため、ただひとり看とる者もなく孤独の中にひっそりと病歿している。

ひこ乃との恋の時代が、夢二にとっては、画業の上でも最も充実した時代であったし、世間の人気も最高に華やかな時代だった。

一世を風靡した夢二の抒情画も、一部の熱烈なファンをのぞいてはあきっぽい世間からは次第にかえりみられなくなっていた。

夢二の死因になった病気は、おそらくひこ乃との愛の遺産だったのだろう。

ひこ乃なき後も、淋しがりやで多感な夢二は、モデル女お葉をはじめ、徳田秋声の愛人として世間に騒がれた山田順子など、身辺に艶聞は絶えなかったけれど、生涯ひこ乃に対するほどの純愛をそそいだ女は、もうひこ乃の死後にもあらわれてはいない。

気が弱く、情にもろい夢二は、たいてい女の情熱にひきずりこまれ、環境の波に心ならずも押し流され、女とのかかわりを、遊びでなく、宿命的なものにしてしまう。

それでいて、夢二とかかわりをもった女たちは、結局、夢二にあきたらず、女の方から去っていくようであった。

ひこ乃ひとりが、夭折したため、夢二への愛を抱いたまま他界しているのは、夢二にとってはせめてもの救いであった。しかし、視点をかえれば、夢二は生涯に、本気で愛したのはひこ乃ひとりだったからこそ、他の女たちは、夢二にいつも何かしらみたされぬものを感じ、去っていく運命になったともいえよう。

夢二は富士見高原で死去した時まで片時も放さないプラチナの指輪を左の薬指にはめていた。死んだ時、その指輪をぬいてみると、内側にゆめしのと彫ってあり、35と25の数字も刻まれていた。しのとはひこ乃のことで、二人の間だけの愛称だったという。不二彦はその指輪の文字から思い出を語っている。

「考えてみるとこれはひこ乃さんと一しょになった年齢でなく、ひこ乃さんの死んだ年齢なのである。わたしは、そのとき奇妙な寂しさにおそわれて考えこんでしまったことを覚えている。それとあわせて思いだされたのは、四十代になった父と幾度か旅をしたが、幾つになっても何年たっても、つねに宿帳に〝竹久夢二、三十五〟と書いていたことであった。馬鹿なイタズラをやると思っていたが、ただのイタズラではなかったのであろう」

夢二はひこ乃の死後の自分をすでに実人生の中では葬っている覚悟だったのだろう。お葉も、順子も、その他の女たちも、ひこ乃に魂をつれ去られた夢二の形骸だけを愛し、みたされず、じれていたことになるのだろうか。

春への旅

それが女の癖らしく、新しい質問を考えつく度に、下唇の左端をきゅっと吸いこんで上目になり、こっちを見つめてくる。

大きなテーブルごしに向いあった作家は、ゆったりと腕組をした姿勢のまま、女のほうにまっすぐ顔をむけていた。文士劇の由良之助が、本職の役者以上に、舞台で映えまさった立派な大きな素顔である。ゴルフをはじめて二貫余も肉が締ったうえ、皮膚に張りがでて、今年五十六歳とは見えない精力的な若さが全身から滲みだしている。柔道二段、五尺七寸、二十貫余の体軀は、向いあっただけで、たいていの人間を威圧してしまうらしい。

女の浅黒いまるい額に、汗がじっとりと滲みでて光ってきた。女の汗は、三月末だというのに、二十度をこした今日の狂い陽気のせいではない。この薄暗い応接室は、まだ冬の名残りがのこっているように、ひんやりと冷たいのだ。深い庭の樹立ちごしの葉洩れ陽は、ようやく窓わくにその弱々しい脚をかけたかとみるまに、窓下へすべりおち、沈んだ重々しい室内の空気を乱そうとはしなかった。

入社以来、はじめての大家のインタビューという仕事に、若い婦人記者は二十分あまりこちこちに緊張しつづけていた。

ようやく女が、この部屋の空気にも、自分にも馴れてきたのが、女の額の汗にあらわれたのをみて、作家はほほえましくなった。女をくつろがせてやろうという無意識の思いやりから、ゆっくりまぶたをおとした。

女はもう一度下唇を吸いあげ、若い光りのこもった目尻にふっと、はにかみをふくんだ。

「あのう……」

てきぱきしたそれまでの質問口調とちがい、女の声に和らぎがあった。

「先生はあのう……もうお色気は卒業なさったんでしょうか」

作家は半眼にしていた目を、ぱっと見開いて女の顔をみつめた。

先生の一番の御仕事はやはり親鸞でございますか。原稿紙、七万枚、三百四十冊の著書を書きつづけた作家としての感懐はどういうものでしょうか。新人の小説についての御意見は、小説家が批評家を批評するとすれば、と矢つぎばやにたたみかけてきた定石どおりの質問の枠から、突然はみだした問いであった。

「そんなことはないよ」

機嫌のいい笑顔ですぐ答えた。

「でも……あのう……先生はお若い時、かくべつ何でしたのに、このごろはさっぱり品行方正だと何かで読みましたものですから」

微笑の滲んだ和んだ顔付で、彼は、自分のことばに追いかけられるように赤くなっていく女の顔を、見つめた。その視線は柔かいくせに、対象の皮膚のしたから、血も熱も吸いあげてしまうような吸収力のある不思議なものであった。若い記者はいっそうどぎまぎした表情になった。

この女は、去年、関西へ嫁がせた娘より、いくつか年下だろう。固い頰の肉や肩のとがり様からみても、まだ男を知っていないのではないか。五十男の情事や愛欲についての質問の意味も、頭でわかっているだけで何も理解できないのだろう。

「わしは小説にしか淫したことのない人間でね。ゴルフをやるようになってから、ますます女とのごちゃごちゃが面倒になった。それでも女に興味はあるよ。ただ昔とちがうんだな。まずどうかなる前に女が可哀そうになってしまうんだ」

はあ、と、婦人記者は、あいまいな返事をした。

彼は、急に生真面目な表情になってまっすぐ自分をみつめてくる若い女に、これ以上説明するのは無駄だと思いながら、ことばは意志とかかわりなく、むしろこれまでより優しい熱っぽさを伴なってつづいていた。

どんな青臭い文学青年に対しても、弟子とか後輩とかの意識をもてない彼は、同行者という仏のことばで他人を考えることにしている。娘のように若い目の前の女も、ジャーナリストの職業にしがみついて、必死に働いている様子がけなげなのだ。逢ってやった以上は、一行でもその記事が書きいいような話をしてやりたいと考えてくる。

どうせじぶんの情事の対象になる女といえば、銀座に働く夜の女だ。そんな女たちの中に、気を惹かれる娘がみつかっても、女を適当なアパートに囲い、週二回ほど女のところに通って行くのが、今ではもう不可能なのだ。時間のないせいか。気力のないせいか。体力の問題でないことだけはたしかである。女や情事のために、貴重な時間を割く情熱がうすくなったということか。情事にふみこんで、男を待つ女の心理が、当事者の女以上にわかる。自分の欲望より相手のあわれさがさきに身にしみ、事前に身をひいてしまうのだ。

愛欲や情欲は、今でも自分の文学の主題であり、かなしい不器用な、迷いの多い人間探求に、まだまだこれから何年書きつづけることだろう。七万枚が十万枚、三百四十冊が五百冊をこえるのは、そう遠い日でないかもしれない。科学がどれほど進んでも、宇宙がどれほどせまくなっても、劫初以来の同じ姿勢の中に愛欲をとじこめ、そこだけは科学の圏外で迷いつづけている人間の愛憐《かな》しさは、一生をかけても見究め難い気がしてくる。

話しているうちに、丹羽文雄は言いようのない虚しさにおそわれ、急にふっつりと口をつぐんだ。

ことばは何と不便かと、かすかに心の中に苛立つものがあった。原稿紙に向って、ペンで表わす以外に、自分には表現能力というものが普通の人間並みにもないのかもしれぬと思われてくる。講演もきらいだ。対談も好きではない。面会日にこの部屋にあふれるほど若い文学青年たちが集ってきても、彼等のにぎやかな議論や、文学談を聞いているだけで、あまり自分から進んでしゃべることはない。文士たちが得意になったり、無邪気にかえって、舞台に立つ恒例の文士劇も、一回の主役でこりごりした。

「すまなかった。もう二度ときみは出さない。あの中で、楽しんでいないのは、きみ一人だったからね」

川口松太郎に見ぬかれたほど、ペン以外の表現欲には無縁なのだ。

思考も感想も述懐も、原稿紙の中でしか表現したがらないのである。肉欲さえも、その意味では、原稿紙の世界にとじこめてしまったといえる。このごろ、自分の書きつづけている長篇のどれもが、ねっとりと執拗なほど肉欲的で、人間関係が複雑をきわめているのは、現実の生活が淡白で透明になっている反動ではないだろうか。

彼の顔に、突っぱなしたような不機嫌な、孤独な色がただよってきた。自分の内部に目を凝らす時の、書斎の顔がのぞいたのである。

女はあわてて腰をあげ、もじもじハンドバッグをとりあげた。

その日の夕食の時、今日の陽気で上水の桜が一時に開いたという話がでた。三月三十日なのに、例年より一週間も早い花便りだ。

昨日から今日へかけての暖かさは、何か異常で、一種の不気味ささえあった。陽がおちても、妙に生あたたかい。

デザートのリンゴをむく妻の手のナイフの光りが、冴え冴えと目に映るのも、初夏のような夜気のせいかもしれなかった。

「今日きた編集者が面白い話をしていったよ」

夕刊をひきよせながら妻のほうへ顔をむけた。

「帰りかけて、入口でもじもじして言ったんだがね。わしの家では、わしが浮気する度、お前が着物をつくる。それをある時、わしが見て、こんなにたくさんはしないと言ったんだそうだ」

「まあ」

「ゴシップにしても、なかなかうまくできたゴシップじゃないか」

夫妻は声をあわせて笑った。二人だけに通じる笑いの意味がお互いに通う。色白でふくよかな、眉ののびやかな、おっとりした妻は、見かけののどかさに似合わない鋭い勘の持主であった。玄関へ夫を出迎えた瞬間に、異常をすべて嗅ぎとってしまうのだ。事後に、風呂に入ってこようが、必要以上の時間を、その後につかってこようがだめである。後めたい事実のあった日は、

「お帰りなさいまし」

というなり、のびやかな眉がさっと曇った。

どうしてそんなに敏感に、嗅ぎあてられるのか、気味が悪いくらいだ。現場を見つけられたとて知らぬ存ぜぬでしらをきり通すのだと、情事の噂のたえないゴルフ友達の間で話に出たこともあったが、彼にはそれができない。妻の嗅覚の見事さに半ば呆れ、半ば感心して、せいぜい三十分もねばりかねて何もかも白状してしまう。その度、まともに傷つく妻の心情が身にしみてくるので、自然、面倒なことをさけるようになっていた。いくら呑んでも酔わない酒だけれど、酒もまた好きではない。酒場に通うのは、女のいる雰囲気だけが魅力のためだ。女とのかりそめの情事や火遊びに手をだす気もなくなれば、自然酒場への足も遠のく。

どうしてわかるのだときいても、妻はふっくらした顔に微笑を浮べるだけで、さあと、自分でも小首をかしげる。

「ゴシップのように、その度着物をつくっていたら、どれくらいになるかな」

「箪笥からつくらねばなりませんでしょう」

「いや、そんなにはしない」

二人はまた声をたてて笑った。その笑い声がまだからみついたままの咽喉を、うっと、うめかせた。

「どうかなさいましたか」

肉の厚い大きな掌の下で夕刊がおさえつけられている。

「香鳥秋仙が死んだ」

「えっ」

「心中だ」

「まあっ」

「奥さんと二人で死んでいる」

声がなくなった。静寂が明るい茶の間に密度を増してよどんだ。

「香鳥秋仙

老画家夫婦心中

花にそむき娘の墓前で」

三面の上段に大見出しの活字が黒々と灯を吸いよせていた。

「三十日午前七時十分ごろ、港区赤坂青山北町四ノ四六高徳寺内の墓地で……」

低い声で記事を読みあげた。

寺の墓守の老爺が、今朝墓地で老夫婦らしい心中者を発見した。二人は香鳥家累代の墓のまえでこときれていた。地面にビニールのふろしきを敷き、その上で向いあって倒れていた。男は茶色の上着に紺のベレーの老人、女も決して若くはなく、黒地に白の格子縞の着物を着ていた。傍に黒いカバンがあり、遺書が出て、すぐ身元が判明した。

画家の香鳥秋仙、本名良之介七十四歳と妻のしげ子六十歳の二人だった。遺書には、

「最後の場所を求めて四方に旅するも結局良子のそばが一番いい。お寺には申しわけない」

青い色鉛筆の走り書であった。死因は青酸カリ服毒である。

「信じられませんわ」

「気の毒なことをした」

二人とも声をのんだ。何かいっぱい言いたいことがあるようで、ことばにならない。

いつもベレーをかぶった小柄で上品な老人の風貌が浮んでくる。老人らしく話のぐちっぽくなる傾向はあったが、まさか、こんな死に方をしようとは夢にも考えられなかった。若い時はさぞ粋な遊び人だったろうと想像させるような、どこか瀟洒な雰囲気をのこしている老人で

あった。

「香鳥さんがうちへ初めてきたのは、誰の紹介だっただろう」

「火野さんでした、たしか」

「うむ」

その火野葦平も今は故人だ。

一月の二十四日が昨日のようななまなましさで思いだされる。風が強く、寒い日だった。息子といっしょに武蔵野ゴルフにでかけていた。天候のせいで半分で切りあげて帰った。玄関へ出迎えた妻がいきなり、

「火野さんがなくなりました」

とつげたのだ。

二十六日の飛行機で九州へ飛んだが、すでに火葬した後で死顔に逢うことができなかった。本に埋まった書斎は、掃除も行きとどいていず、長髪の故人が今にもぬっと、うず高い本のかげから顔をつきだしてきそうな感じがあった。翌日、北九州には珍しい雪が霏々《ひひ》として舞い、地を潔めた。

一ヵ月おくれの命日に、『革命前後』の出版記念会をかねて火野葦平をしのぶ会が行われた。参会者は七百人に達する大盛況だった。

香鳥秋仙も、あの日、参会していたかもしれない。いや、千円の会費が秋仙には不如意で出

られなかったのではあるまいか——。

火野葦平と秋仙が、どの程度の友人だったのか、秋仙にゆっくり思い出話でも聞いておくべきだった。その秋仙までも葦平のあとを追ってしまったのだ。

この二、三年は何と思いがけない人々が、次々に突然逝ってしまうことだろう。長谷健の死も浜本浩の死も、意外で驚かされ、そのあっけなさに胸を衝かれた。

長谷健は調布に新居を建て、移って数日、新築祝いもしないうちに、新宿で車にはねられ、無惨な死に方をした。

浜本浩が脳溢血で急逝し、告別式の翌日、送られてきた通信社のパンフレットに、

「病気がようやくなおった。健康であることはありがたいことです。生きていることはありがたいことです。これからは長生してみっちり仕事がしたいものです」

と近況報告をよせていたのがあわれであった。

浜本浩は一生に一度ぜひ純文学を書きたいと考えていた。長谷健も、新居でとりかかる仕事への抱負が、あの巨きな軀の中にどれほどぎっしりつまっていたことか。火野葦平の死の寸前までの精力的な活動ぶりの中に、誰が死の影をみとめることができたであろう。

書きたいだろう。書きたかったことだろう。もっともっと、書きたいだろう。故人の中断された文学への執着と執念が、彼の頭に描かれた点鬼簿《てんきぼ》の墨色の中から、黝い焔となってふきあげてくる。焔は身もだえしながら、一つが一つに、二つが二つにからみあいねじりあって濛々

と火柱をあげ、生き身の自分の軀内になだれこんでくるような幻影をよぶ。

「文学は職業ではない。呪いだ」

トニオ・クレーゲルの言葉を口ぐせにしていた火野葦平の声が、軀内におし入る焰の底から聞えてくる。

人づきあいがよく、豪放で磊落で、精力の権化のような印象を他人に与えていた火野葦平の仮面の下には、呪いにとりつかれ、業苦に皺められた灰色の素顔がかくされていたのだ。

それにしても香鳥秋仙の死は――。

「最後にいらっしゃった時、もうこのことは覚悟しておいでだったのですね」

しめった声で妻がつぶやいた。

「あの時、あの絵をお断わりしなくてようございました。断わらなくても、やっぱり何だか気にかかるのですもの」

秋仙が最後にこの家を訪れた一ヵ月ほど前のことを妻は思いだしているのだ。無意識に、ふっくらした娘のような白い掌でこぶしをつくり、帯の上を押えていた。胸の奥に、ふいにひろがってきた得体のしれない不安の正体を、のぞきこむような放心の姿だった。畳をみつめている目の中が濡れていた。

香鳥秋仙が火野葦平の紹介状を持って、西窪のこの邸へ最初訪ねてきたのは、何時だっただろう。数年も前のことだったろうか。知人の紹介状で、出入りするようになった画家や陶芸家、骨董屋は無数なので、何時、誰がどの順序で入ってきたか、覚えるわけにもいかない。

骨董屋は、たいていの目ぼしい作家の家は、軒並み廻っている。Ａの家にあった李朝の壺が、半年後にはＢの家に移り、更に三ヵ月後にはＣの応接間で見かけるなどはざらにあった。川端康成のよこした骨董屋が丹羽家には一番よくくる。五度に一度は買うものだから、いつの間にか名のある壺や皿が、たまってしまった。春信の駘蕩たる秘戯図も誰かのところから廻ってきた。いくら名品が集っても、小説以外の他のすべてのものと同じく、それにとりわけ執着を感じることはないのだ。自分からすすんで、名画に大金を投じようとか、掘出し物の骨董を手に入れたいと考えたことはない。

まして無名の画家や彫刻家の大成を見こみ、先物買いする気などはさらになかった。不遇の芸術家に金銭的な援助をのばせば、はてしがなかった。たとい七万枚の原稿紙でつみあげた彼の財力をもってしても、たちまち援助の方の力が尽きるにきまっている。金の無心にくる者の数もきりがなかった。名も顔も知らない人間に飛びこまれることもあったが、多くは、よくよくの事情や、窮迫に追いつめられている。月々数万の金を投じて若い文学者たちのために雑誌『文学者』を発行しているだけでも、文壇にただ一人の無償の行為なのだ。その一事でも、丹羽文雄の財力が無尽に見えるというのだろうか。

金を貸して還ってきたためしはない。貸してあるという気持の負担が重くて厭なのである。

一案を思いつき、不遇な作家や文学青年の無心に対しては、小説の筋書を提供させることにした。十五、六枚の原稿用紙さえ埋めてくれれば、中身はみないで、五千円の金はだしてやる。そうして買いためた筋書がどれほどたまったことか。使えたものは一つもなかった。それでも金を貸したとか、やったとかいう気持の負担はなくなった。

それが彫刻や絵となってくれれば話がちがう。買うにも名目がたたないのだ。

玄関脇の応接間の壁には、いつのまにか、名画がずらりと並んできた。佐伯祐三のパリ風景の詩情、奥村土牛の薔薇の艶冶、鈴木信太郎の人形の飄逸、それらが薄暗い重々しい応接間の三方の壁から、白金色の光りを放って客の背に刺し透してくる。

「これだけのホンモノの前で、自分の拙い作品をだすのは気がひけるだろう。一種の押売撃退策かな」

彼は冗談に妻だけにいったことがある。

それでも決して壁に目をむけないで、もじもじ自分の包みをほどいてみせる客は、相変らず後をたたない。

香鳥秋仙もその一人であった。

小柄なからだに、旧いが洒落れた上衣を着、いつもベレーをかぶった老画家は、七十歳をこえていて、老人臭い不潔さがなかった。一まわり以上も若い後妻と暮しているからだろうか。

結局の目的は、持参した絵を売り、いくばくかの金銭を懐にして帰るのだったが、金を受取る態度もさらりとして、卑屈なところのないのが、彼には気が軽かった。

そういう目的でくる客の中では、最高の老齢者だという気持も作用していたが、秋仙その人の人がらが何となくなつかしい感じであった。忙しい時間をさいても、くればできるだけ応接間におりていったと覚えている。

明治、大正ころの『文芸倶楽部』や『新小説』にさし絵を描き、我国さし絵の草わけの人だと聞いても、現実の、身ぎれいにしていることがかえって落魄を感じさせる七十余歳の老人からは、何の気魄も感じられない。

老画家の昔語りの中には、伊東深水や川端竜子、岡本一平などの名前が親しそうな調子で度々でてくるのも、聞く方には悲哀を感じさせられるのであった。

かつてはそれらの人々と並び立っていた華やかな過去の日の夢が昔語りをする間だけでも、老画家の胸のうちに灯をともすのであろうか。

夏目漱石の「明暗」のさし絵を『朝日新聞』に連載したころの苦心談を、しかた話でする時など、老人の小さな顔に、内部から光りがさすような仄かな明るさが滲んできた。

秋仙はまた、歌舞伎役者の舞台顔を版画にする最後の人だった。

元禄十五年、初代鳥居清信が、初代市川団十郎の舞台姿を版画にして以来、連綿と続いてきた特殊な芸術は、かろうじて香鳥秋仙のやせ衰えた老骨の中に命脈をつないでいたのである。

歌舞伎にさして興味もない彼は、とりわけ好きな役者があるでもなかった。かくべつ欲しくもないが、火野葦平の情のこもった紹介状への義理と、衰亡の坂をおちていく版画芸術の運命に悲哀を感じたので、最初の訪れの日、月々役者絵を買う約束をした。

今では版画技術も目ざましい進歩をとげている。

銀座の画廊でもアブストラクトの絵が飛ぶように売れるというこのごろ、版画も図柄は近代的で、抽象的になるのは当然である。後から後から意欲的な革命を試みようとする若い版画家が現われていた。役者の似顔絵ばかり刷っている秋仙のような版画家が、時代の波からとりのこされるのは当然であった。

「このごろの若い者は、何を考えているのかわかりませんね。彫師なんかも、やっと一人前になったと思うと、風景画や、静物に走りたがって、売れない役者絵なんか彫るのはいやだと逃げだすのです。まるで油絵のような版画が売れていますがね。あれでいいもんでしょうかな」

歌右衛門、梅幸、松緑、勘三郎、左団次などの大首の版画を秋仙はもちこんできた。銀座の版画屋では一枚六百円の値で売られている。それらは、歌右衛門はたしかに梅幸ではなく、勘三郎はあきらかに左団次とはちがうといった程度の、役者の風貌の特徴は捕えていたが、べったりと華麗なだけであった。芸術の香気はすでになかった。秋仙はそのころから、丹羽家を訪れる時、約束の版画ではなく、絹に描いた肉筆画をもちこんでくるようになっていた。大正時代のデパートの広告ビラの絵のような美人の半身像をひろげられると、彼も挨拶に困ってだまりこんでしまう。お世辞にも、いいとはいえない。版画では食べられないのだろうと察して、言い値で引きとることになった。それらの代価は、五千円であったり、七千円であったり、時には一万円の台をふむこともあった。

名馬の画帖をもちこんだこともあった。馬にも興味は全くないが、秋仙の哀れさにまけ、だまって引きとった。

「ゴルフをおはじめになったと、雑誌で拝見したものですから」

ある日は、やや得意そうな表情で、絹をするすると展げてみせる。

そこには、どこかのコースで一人の男がハンティングをかぶり、クラブをふっている図が丹念に描きこまれてあった。地面は冴えた薄緑の芝でおおわれ、はるかかなたに林が見えている。林の上には、真青な空がひろがり、あかね色に輝く夕焼雲が三つ、綿菓子を並べたように行儀よく浮んでいる。画面の中央のクラブをふりあげた男は、言われてみれば、たくましいがっちりした軀つきや、彫の立派な鼻の大きな顔のりんかくなど、たしかに丹羽文雄に見えてくる。吉川英治でも、大岡昇平でもないことだけはたしかだ。

それにしても、図柄の幼稚さ、色彩の平俗さは、どうしたものか。苦笑がわいてくるのをこらえながら、

「これで、いくらです」

事務的な声になった。五千円だとおずおずいう。

文士劇の七段目由良之助に出演した時も、早速スケッチ風な由良之助を持ってきた。それも

引きとった。

「こんな絵ばかり集ってもしかたがございませんね」

妻に言われるまでもなく、彼自身、もう結構だという気分があった。そのくせ、香鳥秋仙の飄々とした姿があらわれると、また一幅ほしくもない絵を買いこんでしまうのだ。

「またふえたよ」

「そうだろうと思っていましたわ」

「しかしあの人はいいところがあるんだ。卑しくない。金を受けとる態度が、一種不思議なさらりとしたいい態度なんだ。ぺこぺこしない」

「ご自分じゃ、芸術作品を、当然の値で引きとってもらったと思っていらっしゃるんでしょう」

「うん、だがね、うちへくる絵かきをみていつも思うんだが、あの人たちは、わしらが原稿料をもらう態度とは、全然ちがうんだよ。有難うございますなんて、相当な人に丁寧に頭を下げられてごらん、妙な気分がする」

香鳥秋仙が、最後に西窪の丹羽邸を訪れた日、丹羽文雄は留守であった。

今度こそ断わろうと、話しあっていたので、夫人は玄関に出る前、今日はことわるのだと自分にいいきかせた。

留守だと聞かされると、老人の顔に痛々しいほど失望の色がうかんだ。素直なその表情の変化は、人の心をうつものがあった。

夫人はいつものように老画家を応接間に通した。これまでも訪ねてきて、作家の仕事のきれめまで待たされることがあった。そんな時、おおらかな夫人の応対で待つことに馴れていた秋仙は、円満で優しい夫人を打ちあけ話やぐちのこぼし手にする習いができていた。

「今日は、ちょっと旅にでようと思いたったので、御挨拶かたがた伺ったのですが」

秋仙は応接間の椅子に腰をおろしてからも、思いきり悪げな残念そうな顔をした。

「遠くへ御旅行でございますか」

「いや、なに、四国巡礼を思いたちましてな。家内といっしょにでかけようと思っております」

「まあ、それは結構なお話ですね。今ごろからですと、ちょうど南は春が早いでしょうし、いい御旅行になりますわね」

「ええ……まあ……前から計画はしていたんですが……何かとありましてね。なかなか思いきって発てないものでして」

夫人の目には、黄色い菜の花畑や瀬戸内海の光る海が、浮び上ってきた。のどかな鈴音を春風にひびかせ、七十余と六十の老夫婦の巡礼姿が、一幅の絵になってくる。

「羨ましいようなお話……」

「は？　はあ……、けい子さんはお元気でいらっしゃいますかな」

「ありがとうございます。つい一週間前、私芦屋から帰ったところなんでございますよ。一ヵ月に一度娘のところに参りませんと、落ちつかないんでございます。主人にはまるで恋人に逢いに行くようだとからかわれるんですけど」

「ごもっとも、ごもっとも。いくらよくしておあげになっても、しすぎるということはありません。お嬢さんのお話を伺うと、うちの娘のことも思いだされて、嬉しいのですよ」

秋仙の長女が、二十二歳で急性肺炎で他界した話は、もう何度聞かされているかわからない。それ以来、急に生きていくはりもなくなったと、秋仙はいっていた。昨年結婚して関西へ嫁った丹羽家の長女が、年の似通っているためか、夫人に逢う度、夭折した孫のような若い娘の想い出話がでるのであった。

その日の秋仙の荷物は、聊斎志異を題材にした肉筆画だった。菊の精の話ででもあるのか、画面半分に七彩の菊の花群が描かれ、その横に支那美人が立っている構図である。色も線も、丁寧に描いているだけで、どうにもことばのでない稚拙なものであった。

夫人は、場末の支那料理屋のウインドウに下っている支那美人のポスター画を、思わず連想した。けれども、老夫婦で四国巡礼にでると聞いたばかりの後では、やはり断わる勇気がでない。餞別の意味もこめて、秋仙の要求額の上に志の紙幣を何枚か添えてだしていた。

秋仙の遺書にある良子とは、夭折した娘のことである。四国の旅とは、西方浄土への旅をさしていたのであろう。

「考えてみれば、あの時、あなたが留守だと聞いて、あんなに子供の泣き顔みたいになったのも、それとなく永のお別れをつげるつもりだったんでしょうね」

「うむ」

一度も冷淡に追いかえしたことはなかった。一度も売りに来たものを買わず、老人に屈辱をあたえたこともなかった。

それでも何か、二人の心に暗い重苦しい影がのこるのは、拭いようもないのであった。

最後の面倒をみていた長男が、

「芸術上の行きづまりを感じ悩んでいたようであった」

と、新聞で語っているのも、秋仙の七十四歳という年齢を思いあわすと、いっそ無惨な感じがする。死の直前まで、東京都防犯協会連合会でだしている「家庭と防犯」などのさし絵を描いていたとあるし、版画の後援会もあったというからには、生活の逼迫だけが、死の原因ではなかっただろう。

秋仙と妻が手をとりあってとぼとぼと歩み遠ざかる幻影が目に浮ぶようであった。南国の陽光にあふれた四国路の菜の花畑が背景にはならず、昏い灰色の曇天が涯しなくつづく地の涯に向って、細い影をひきずっていく暗鬱な絵柄となって目に浮ぶのである。

「先生は文壇にデビュー以来、陽の輝く大道ばかりをお歩きになった方ですけれど、そういう方の御目を通して、このごろのように目まぐるしく現われては消えていく新人を、どうごらんになるでしょうか」

今日の午後インタビューにきた若い婦人記者が、暗記した文章のようなことばで質問してきたのを思いだす。

陽の輝く大道か――

丹羽文雄は、黙然と腕組をして目をとじていた。処女作「秋」以来の三十数年にわたる作家生活の歳月が、無限の長さをもって自分の背後に感じられる。さえぎるものもない白い広い道がつづく。樹も草も生えてはいない。人家の屋根も見えない。白金色の光りを放っている白い広い道にぽつんとつったっている自分の姿が見えてくる。堂々とした躰軀、もり上った背の肉、肩の厚み、まだあふれる力のみなぎっている皮膚の下の強い筋肉。その背に疲れのあとはみじんも見えない。それでいて、地にひく長い影は、何と細く孤独なのか。芸術の神から見放され、画壇から脱落した失意の老画家の曳きずっている影と、自分のそれがなぜこうも同じに見えるのか。

死出の旅に、まだ生きる力のある妻を伴なわずにいられなかった老人の心情は、他人のはかりしれないなま臭さをいっぱいに煮つめていたのかもしれない。肉欲を解脱したすがすがしい夫婦が、精神だけでよりそって死出の旅へ出たと見るのは、生き残った生身の人間の浅い感傷なのかもしれない。七十四歳と六十歳の老夫婦が、死の前日どんななま臭い情欲に燃えて抱きあわなかったと、誰が断定出来るだろう。

死を選んだ秋仙は、果して自分の芸術に絶望していただろうか。一度芸術の魔にとりつかれた人間が、うぬぼれという業苦から、生き身の時解きはなたれることができ得るだろうか。誰にもみとめられない自分の力を、どうしてもあきらめることができなかったからこそ、その怨恨と呪いと嫉みのどろどろの情熱で、死にふみきる妖しい力が老残の軀にみなぎってきたのではあるまいか。人間の皮をはいでも肉をむしりとっても骨を砕いても、なお人間の芯にとりついて離れない人間の執着と業苦の凄じさを、えぐりだしてみたい。

彼は、静かに新聞を押しのけて立ちあがった。

ベルが鳴った。女中が来客の意を告げにきた。来週、処女出版の記念会を開く吉川という青年が、挨拶にきたという。

玄関に出ていくと、長身の吉川が、若々しい頬を緊張させ、堅くなって直立していた。『文学者』に小説を何度かのせていた青年だ。生原稿をみてやったこともない。頼まれて序文を書いてやった。出版記念会の発起人にもなってやった。当日はよくよくの支障がおこらないかぎり出席してやるだろう。

必ずしも吉川の才能を認めているからではない。誰でも自分のところへくる文学青年には示してやる好意にすぎない。自分の処女出版が処女作以来十年もたってでたなど、今の若い新人に言うつもりもないのだ。同行者の喜びを喜びとしてやればいい。ただ、文学は手をひっぱって歩かせ、道を教えるものではないと思っている。迷い迷い、無駄を重ね、自分の足で道をさがし自分の手で荊《いばら》をかきわけていくべき道なのだ。この青年も、この本一冊のおかげで生涯のがれられない業苦の道にふみこんでしまったかと、哀憐の情がわくだけである。

「よかったね。会には出るよ。ま、しっかりやんなさい」

誰にでも言う励ましであった。それを冷たいと取る者も、温いと感じる者も、その人の心がらで、彼にはどうでもいいことであった。まだ二、三軒廻りますといって、力強い足音をたて若い吉川はでていった。

「おい、墨をすってくれないか。今夜は松原さんに約束の色紙を書こう」

生暖いままに、夜が更けていた。

二階の書斎に緋毛氈を敷き、色紙を置いた。

「これもついでにお願いしますわ」

前々から頼まれていた妻の友人へ贈る色紙も加わった。長崎の銀行の支店長の松原義男という人物には一面識もない。その男が、自分の本を一冊のこらず揃えていて、同人雑誌の類まであつめているというのを、知っているだけである。

唐墨のなつかしい香が部屋にみちてきた。

黒々と墨をふくませた筆をにぎり色紙の白い面をみつめる。

「勧君金屈卮　満酌不須辞　花発多風雨　人生即別離」

好きな于武陵の五言絶句が口をついてでた。

「人生即別離」

一気に筆をはしらせた。

鴛鴦

昏い。光りはどこにいったのだろう。底知れず昏い。目も鼻も口も、昏さの圧力にふさがれて濡れた紙をはりつけられたように息苦しくなってくる。昏さのなめらかさ。この重さ。これは水なのか。水の壁なのか。なめらかな水の壁はすきまもなく私を包みこんできて、身動きもならないほど張りついてくる。じわじわと締めあげられる息苦しさに耐えきれず、夢中で手足をおよがせ、必死にまつわりつく昏さをはねのけようとあえぐ。あなた——自分の叫び声にわれにかえる。

ああ、あなた、また夢にうなされていたようでございます。もう何日となく、昼となく夜となく、朝と夕の区別もなく、うつらうつら、夢と現《うつつ》の境をさまよいつづけているようでございます。それにしてもこの動悸、まあこの脇の下にこんなに冷たい汗がどっさりと。この夢、覚えがございます。あの時も、これと同じような昏い波の底にまきこまれ、四方から水の壁に圧迫されつづける夢にうなされていました。夜と昼と、朝のけじめもなく、まる一昼夜、私は闇の底をさまよいつづけていたのでした。そのくせ、時々目をあいては、ぼんやり見馴れた天井の節穴を数えたりしながら……御飯粒はおろか、水ものまず、生きているのか死んでいるのか自分でもわからず、頭は鉛がつまったように重いかと思えば、脳味噌などとけて霧になったように虚しい軽さ……私は波に浮いているのか、空中にただよっているのか、けじめもつかず、ただ、地に足をつけて立っているのではないということだけを、神経のどこかが覚えていて……そんな私が、あなたっと叫んだつもりの声を、今のように咽喉《のど》にからませ、ぼんやり目を開いた時、どうしたんです。しっかりしなさいと、肩を二、三度、強く揺り動かされたものでした。すると黄昏につつまれ灯もついていない中で、すぐ目の上に堺枯川さんの顔が浮んでいたのです。いえ、それが堺さんとはすぐには思えず……いつでも、どんな辛い時にも、底ぬけに明るい表情で笑顔をたやさない堺さんが、見たこともないような暗い表情をしていたので、別人かと思った。しっかりなさい。大丈夫ですかと、もう一度近々と目の中をのぞきこまれて、ああ、堺さんだと気づき、

「必ず見える筈だと待っていたのに、昨日も、今日も来ないので、急に心配になって、来てみたのです」

堺さんのあたたかな声を聞いているうちに、私の頭から霧が晴れるようにすべてが思いだされてきた。

「ケフシケイシツカウオイデマツサカヒ」の電報を受取った瞬間、かねて覚悟はしていた筈なのに、そんな観念の上の覚悟など、何のたしにもならず、一瞬、私は自分の骨という骨がばらばらと、数珠の糸を断ち切ったようにくだけ飛び散るのを感じていた。すると、ふたたび目の前から光りという光りが遠のき、私は深い闇の中へひきずりこまれていたのです。覚めたのか、眠りつづけたのか、それとも夢を見つづけたのか、目をあけると真上の天上板に牛の目のような節が見え、それをぼんやり見つめていると、みるみるその節が大きくふくらみ、拡がり、真暗な闇になって私を呑みこんでしまう。私は、丁度今味わったと同じ昏さの中、なめらかな水

の壁の中に閉じこめられて、四囲から押し迫ってくる圧迫に、今にも全身が締めあげられそうな息苦しさの中でもがきつづけていた。

一月十八日にあの怖ろしい判決が下されてから、堺さんはじめ、私の周囲の人たちは、執行までにはどんなに少なくとも二ヵ月はある筈です。いや半年が普通だからと、慰めてくれていたけれど、私は不思議なほどそれが信じられなかった。説明しようのない暗い予感が、私を脅かし、何か黒い不気味な影に背後から追いたてられているような息苦しさと、気忙しさだけを感じて、ただもう、生きているあなたに一度でもたくさんお目にかかっておきたいと乾いた咽喉が清水を追い需めるような激しさで、寸暇を惜しみ無我夢中で監獄へと通いつづけていたのでした。

下目黒のお不動様のすぐ傍の泉から、市ケ谷富久町の東京監獄まで、出かけて帰ると、まる一日がかりでした。それだけが目的で生きている身には道の遠さなど物とも思えず、事実、行きも帰りも、いつでもどうやって電車に乗り、どこをどう歩いて帰ったのか覚えもないほど、あなたの顔ばかり目の中に浮べつづけていたものです。そんなにして出かけても、会わせてくれそうで結局待ちぼうけさせられ、面会を許されず帰ってくる時の惨めさ。往きの電車の中では、あれも云いたい、これも聞きたいと思うことばかり胸にあふれて、かぎられた時間にどれだけのことをいえるだろうと、胸が迫り、夢中でたどりつくものの、空しく帰る道では、精根もつき果て、このまま、この場にうち倒れ、一思いに死ねたら、どんなに楽になるだろうか。

どうせ、もうすぐ後から来てくれるにちがいないあなたを、あの世の入口でお待ちしていようと、そんな憧れにとりつかれたことでした。けれどもその度、あなたが管野さんとのことで、心も軀もわたくしから離れきってしまったと思われていたあの真暗な時期に、私たちの間を心配してあなたの真意をただしにいって下さった木下尚江さんに、あなたが管野さんとの恋愛の顚末をくわしく話された最後に、声を改め、

「しかし、きみ、僕の死水を取ってくれる者はお千代だよ」

といって下さったというあのおことばを思いだすと、ああ、ここでくじけてはならないと、われとわが身に鞭うって、また明日に希望をつないで、這うようにしてわが家にたどりついたのでした。死水をとる——この古風な表現の中に、あなたの私に対する信頼と甘えを聞きとったと思ったのは、捨てられた妻のみれんだったでしょうか。

私が生涯ただ一度もあなたを怨まず、あなたを信じつづけていたといえば嘘になりましょう。少なくとも、あなたに無理矢理一方的な離縁をいいわたされ、名古屋の姉の許にも居辛く、大阪で、転々と間借りぐらしをしていた頃、あなたをどんなに恨んだことか、いえ、あの女《ひと》をもどんなに呪ったことか。

ああ、また黒い霧が湧きあがり、おしよせ私を包みこんでくる。霧は部屋の四囲の壁から湧くのか、私の後頭部、枕の下から湧きあげてくるのか。その両方からかもしれない。霧が液体になり、なめらかな水の壁になり、またひたひたと私を圧しはじめる。

あれは逗子の海岸だったかしら、姉と私がはじめて海水浴につれていってもらった時――私の数え六つの年の夏だった。父が書き物をまとめるというので、小さな海辺の家を一夏借りてこもったことがあった。姉と私は父の弟子たちの誰彼につれられて、父の執筆の邪魔にならないよう、海岸につれだされていた。ほとんど海辺で砂遊びや、貝拾いをしているだけだったのに、その日は、ようやく泳げはじめた姉の後にくっついてぽちゃぽちゃ波うちぎわで水を浴びたりした。ひくい波が足をなめたり、おなかにどんと打ちつけてくるのも面白くなって、父の弟子たちがボートを出した時、いつに似ず、臆病な私まで乗せてくれとむずかった。

「千代ちゃんはだめ、すぐこわがって泣くから」

姉にいわれると、よけい乗りたくて、私は珍しく執拗にせがんで、とうとうボートに乗せてもらった。そのボートが誰かのいたずらで、いきなり転覆させられたのだった。激しくゆらぎながら傾いたボートから、誰より早く、身が軽いから海に投げだされた私は、波にまきこまれた瞬間、もう何が何だかわからなくなった。なめらかな海水の壁はもがいてもひっかいても手がかりなく、むやみに重く、昏く、私はきっとボートの下じきになっているのだと死物狂いでもがきつづけた。目も鼻も口も海水でふさがれ、どっと、丸太ん棒のような固さで口の中へ海水が押しこまれた時、私はふいに固い材木につき当り、それにしがみついた。材木と思ったのは、父の弟子の脚で、そこは、大人がしっかりと立っていられるほどの浅瀬だったのだ。抱きあげられた時、私は恐怖と脅えから、水をのんだことより神経のショックで半分気を失っていた。

それ以来、私は遊びすぎて疲れきった夜などに、よく波にのまれた時の苦しさを夢に見るようになった。昏くなめらかな、無限に厚い壁の中に塗りこめられてしまいそうで、私は悶え叫ぼうとする。声が出せず、きりきり墜ちていきそうな恐怖が極まる時、私は獣が殺される時のような叫び声をあげる。いっしょに寝ている姉は、そんな時の私の夢の中の呻きを気味悪がり、あわててゆりおこしてくれるのだった。千代ちゃんの「気絶」と、姉が名づけた私のその症状は、大人になっても、時々眠りの中に訪れて、私を脅かした。

あなたと結婚して、はじめて私が「気絶」に襲われた時、あなたがゆりおこし、

「どうした、怖い夢でもみていたのか」

と、私の目の中を深々とのぞきこんで下さった。恥ずかしさに、震えだしそうな私の背をあなたがゆっくり撫でさすって下さった。

「幽霊が出たのかい？　それとも虎がウオーッと出て来たのかな」

私はあの厭な悪夢から覚めた度、決って襲われる、ぞうっと、水に濡れたような冷たい感じや、昏い沈みこんだ気持がその時は一向に訪れないのに気づいた。あなたのさすってくれる掌のあたたかさとなつかしさ。ああ、結婚するとは、こんな夢の中の脅えまで夫に分ち、守ってもらえることだったのか。私はあの時はじめて、自分が結婚したこと、あなたの妻となったことの実感を味わい、まるで自分が四、五歳の幼女にかえったような素直な甘えた気分にひたされたものでした。それまでは、やっぱり私は結婚などしない方がよかったのではないかと内心

不安でたまらなかったのです。

あなたとの結婚話が持ちあがった時、私はすでに二十五にもなっていましたし、神経質で腺病質な上、人見知りするし、とても結婚生活には不むきだといって、父は私を生涯ひとりですごさせてもいいと考えていたようでした。姉の重荷にならぬよう、女でも出来るだけの学問をつけといてやろうと、常々口癖にいって、父の専門の国学はもちろん、英語やフランス語まで半強制的に習わせられ、日本画まで荒木寛友先生の門を叩くなど、姉とちがい非才でのろの私には重荷なほどの勉強を課されていたのも、嫁入りし、姑仕えが出来そうもないほど病弱だからという親心からだったのだと思われます。須賀は大丈夫だ。あれはしっかり者だから捨てておいても道をきり開いていく。千代のために、もっと生きていてやらねばといっていた父が亡くなったばかりの年、思いもかけないあなたとの縁談がふってわいたのでした。あなたの私淑していた中江兆民先生が、常野鉄道の関係で御存じよりの井上言信さんにあなたの嫁探しを依頼されたのがきっかけとか。井上さんは私の父の国学のお弟子の一人でしたから、兆民先生に私を推挙され、先生は師岡正胤の娘ならというので、急に話が具体化したのでした。先生もあなたも唯物論者ですから、私たちが父の喪中のことではあるし、話を少しのばしてくれたらというのを一笑にふし、話はあれよあれよというまにすすめられました。父は幕末に京都等持院の足利尊氏の木像の首を斬って河原にさらした事件に関係して、信州に七年も幽閉させられたという、いわば勤王派の熱血漢でしたが、私の物心ついた頃は父が『自由新聞』や『自由の燈』

など自由民権の思想に基づいた新聞をとっていましたから、わけもわからず、それを読み馴れているうち、子供心にも、自由民権の思想こそ真理だと思うようになっていました。

今でも不思議なのは紙魚《しみ》に食われた和書や、青い帙入りの漢籍の山の間にまじって、父の書棚に兆民先生のあの有名なルソーの『民約訳解』があったことでした。子供の頃、父の書棚の本をわかりもしないのにのぞいてみるのが好きだった私が、ある日、それを手にとり、中身は難しい漢文でびっしり埋まっているのをつくづく眺め、ハイカラな仏蘭西帰りの先生と漢文の対照がいぶかしく珍しく感じたことも、何かの宿縁だったでしょうか。父は先生とは親子ほどの年長者でしたし、平田門下の旧式な国学者だったのに、兆民先生のあの本を書架に飾っておいたのが不思議のようにも思われますが、もともと足利尊氏の木像の首を斬るなどということを思いつく父は、時の為政者から過激思想の持主として異端視されている先生の熱血に、案外親近感と共鳴を抱いていたのかもしれません。そのうち、子供の私にも兆民先生の名前は誰に教えられるというでもなくしみついておりました。

自由民権運動の指導者であると同様に、早くも仏蘭西留学をされた仏蘭西学者と呼ばれている偉い先生だというのが、兆民先生に対するイメージでしたが、先生の難しい文章や、高邁な民主主義の思想よりも、子供の心には、巷間に伝えられている先生の奇矯な逸話――たとえば、真赤なトルコ帽を常に愛用され、紺の股引に腹がけ、その上に『東雲新聞』と染めぬいた印半纏のいでたちで演壇に立たれ、自由民権を説いてまわられているとか、腰に「火の用心」と書いた革のタバコ入れをさげ、「日本国民火の用心」と叫びながら時事を痛論されるなどということの方が心に焼きついておりました。

縁談のおこったあなたは、その有名な兆民先生の書生をしていて、先生に才能と人柄を愛され、子供のように可愛がられていると聞き、何だか空恐ろしいような、それでいて、何だかどこかでお目にかかったことのあるようななつかしさをはじめから感じたのでした。いえ、慕わしさといった方が正直かもしれません。それに誰よりも私を愛し甘やかしてくれていた父を失った直後のことではあったので、あなたが二歳の時からすでにお父上に先だたれていらっしゃるという身の上を伺っただけで可哀そうさといじらしさに、思わず涙ぐんでしまったのでした。すでに嫁いでいた姉の方が乗り気になり、あなたを将来のある大器だと見ぬき、心気に逡巡する私の背を叩くようにして見合いに臨ませたのです。

見合いの日、私がうつむいてばかりいたので、あなたは私の顔がろくに見えず、立ち上った時の後姿がすらりとしていたので、まあ美人らしいと思ったと、後で小泉三申さんに告白されたそうですけれど、婚礼の日、はじめて私をまともにごらんになってからは、やはり小泉さんに告白して、光武の陰麗華と思ったのが、斉王の無塩《ぶえん》だったと落胆されたと、後になって小泉さんが人にもいったり書いたりなさったのを知って、ふきだしてしまいました。もっとも、私の方も、見合いの時は、はじめからあなたは坐っていらっしゃったし、最後までその場を動かれなかったので、しゃんと背をのばし、鋭い眼光が刺すようにこちらにむけられたのを感じたとたん、私は目を伏せてしまい一度もあげなかったから、あなたがあれほどの小男だったとは、結婚式の日まで、気もつきませなんだ。この点はまあ、引きわけというところでしょうか。婚礼の晩、あなたはいつの間にかいなくなり、夜明けも近くなって、正体もなく酔いつぶれ、小泉さんに送られて帰って来られたのでした。男の人は男のつきあいがあって、そういうものかと思っていた私は、あなたの婚礼の日の行動にそれほど傷つけられていたわけでもなく、というより、新しい生活に入った興奮と緊張で、式のあと、時間のたつのも忘れていましたから、あなたの母上が心配なさって、あなたの居ない座つなぎに、あなたの幼時の想い出を話してくださるのが楽しく、のんきにかまえておりました。あの夜のことは、最後まで私たちの間では暗黙のうちにタブーになっていましたから、あなたがあの晩、吉原で居つづけして私に愛想をつかさせ逃げかえさせるつもりだと小泉さんに打ちあけたことなど、ちらりとも話題にしたこともありませんでしたね。でも、その夜のこともふくめて、私があなたにふさわしい嫁ではなく、私はやっぱり、結婚しない方がよかったのではないかと悩みはじめたのは、お側近くに暮してみて、あなたが、仲人口や、人の噂などよりはるかに衆に秀れた非凡な天才だということを感じたからでした。あなたは、世間の男たちのように、家の中で機嫌よくふざけるとか、冗談をとばすとかいう陽気なところはなく、むしろ、無口で、厳しいところがおありでしたし、めったに笑い声をあげられるようなこともありませんでしたけれど、師岡の家での生活が、物静かな学者の暮しでしたので、私にはそんなあなたや、あなたの家の空気には何の違和感もなかったのです。それに、あなたは、口数は少ないといっても決して癇癖の強い気難しい方ではなく、母上に対する優しさなどは傍でみていても涙ぐましいようなところがおありだったし、私に対しても決して冷たいというのではなかったのです。それでいて、私は、時々、あなたが底知れない人のように思われてなりませんでした。あなたの学識、あなたの文才、あなたの思想、なまじっか、そうしたものがおぼろげながら理解出来るよう、父が教育してくれてあったばかりに、私にはあなたの非凡さが只ならぬものとして感得され、それに女の不思議な直感から、否あなたは私などとはちがった星から来た人間のように、生れながらに強烈な運命を負わされているように感じられてならないのでした。あなたをよりいっそうわが夫として理解しようという先に、私はあなたへの畏怖と畏敬で、惨めにちぢかまってしまう自分を感じずにはいられませんでした。あなたを天才だと思いこむにつけ、私はあなたの妻として、何とふさわしくない平凡な女だろうと空恐ろしく不安でたまらなかったのです。はい、何か不安でたまらなかったのでございます。

あなたが再婚者だということは、結婚して一ヵ月もたってからはじめて識ったことです。ある日、玄関の上りがまちの下へ、私が箒の柄をつっこんで掃除していた時、赤い鼻緒の切れたまだあまりちびていない下駄が一つ出て来た。桐の下駄の表につもった埃をはらってみると、うっすらと、足の脂のあとが滲んでいる。私は何と思ったのか、その上に自分の足をひょいとのせてしまいました。下駄の足型は、小柄で子供なみの私の足よりは、はるかに大きい。よく見ると前歯が後歯より多く減っています。私はせっかちらしく、足の先に力をこめ、とっとと歩いていく元気な若い女を想像していました。

「千代さん、その下駄、どないしたん」

いつの間にか母上が玄関に立って、いつにないきびしい顔色で、私の手許に目をそそがれていたのです。

「この縁の下から出て来て……」

「あの子はあわてもんで、子供のようによう鼻緒を切ってしもうて。あとでこっそりすげておくつもりで縁の下へ入れてしもうて忘れとったのじゃろ」

「あの子って?」

私はいぶかしい表情をあらわにしたまま訊きかえした。

「お朝よ」

答えられたとたん、母上の顔色がまたさっと変ったのです。気の毒なほどあわてられて、

「あんたは、あの子のことを、知らなんだのかいな。仲人さんから何も聞いとらなんだのじゃろか」

といわれたのです。それではじめて、その下駄の主があなたの前の奥さんの朝子さんのものだったということがわかったのです。母上はその時はじめて、朝子さんの話をして下さり、それからは、まるで自分の遠くの身内のことでも話すように、折にふれ、思いだしてはむしろな

つかしそうに朝子さんの話を私になさるのでした。私がそれをさして不快に感じていなかったことが母上にも伝わったからでしょう。母上の選んだ十七歳の朝子さんは福島県三春の人とか。健康で素直で、まだ子供っぽい朝子さんは母上には可愛いかったけれど、あなたは気に染まず、三ヵ月もたたないで、里帰りさせ、その後からいきなり離縁状を送りつけてしまったとか。

「可哀そうに……今でもあの子がいそいそして、すぐもどってきますからというて町角まで見送ったわしの方をふりかえりふりかえりしていった後姿が目さきにちらついてのう。赤い麻の葉の昼夜帯しめてのう。晴れがましそうに赤いてがらの大丸髷に結いたててのう。丈夫な、のんびりしたええ子じゃったのに……あないに嫌わんでもええじゃろに……」

母上は朝子さんの話をする時は、いつでも目に涙をうかべていられました。私は朝子さんに関しては不思議に嫉妬がおこらない。残酷なといっていいあなたの離縁ぶりが、その人に愛情の全くなかったことを証明していたからでしょうか。それとも母上から聞く朝子さんの人柄や行動の中に、善良で素直なだけの平凡な少女の俤しか見出せず、あなたを中に愛を争いあうなどという感じを全く抱かせられなかったせいでしょうか。

ともあれ、私はその時、朝子さんの身の上に深い同情さえよせず、あなたの無慈悲な絶縁ぶりを批判したり非難する気も毛頭抱かなかったのです。新婚の幸福に酔い、あなたの心のうちはいざ知らず、私の方は生れてはじめて、あなたという人に身も心も捧げきった恋心に陶然となっていたからなのです。十年後に、私自身が朝子さんと同じ運命に泣く身になろうとは神ならぬ身に知る由もなく。一度思いきって残酷な離別を申し渡せる人は、二度同じことをする可能性もあるということに思いも及ばず。

朝子さんのことを後になって私が思いだしたのは、打ちつづく弾圧の結果、平民社を遂に解散し、あなたが土佐中村へ引きこもった時、母上が谷川の牧子姉さまに話している声を、ふと、襖ごしに耳にしてしまった時でした。

「あの子がおったらなあ。あの子は伝次には嫌われとったけんど、丈夫な子じゃったから、子供の一人や二人は生れとったんじゃろう。伝次はああ見えても、情に厚い子じゃけに、子供への情愛にひかされて、あんまりあぶないことはせんじゃろうに」

顔色が変るのを感じて、私は一刻も早くそこを逃げだしたいのに、動くと気配が襖の中へ感づかれ、立ち聞きしてしまったことを気づかれはしないかと、釘づけになったように軀が硬ばっていました。

嫁いで一年もたたないうちに、私は持病になったリウマチを発病してしまったうえ、病弱で、すぐ風邪をひく、熱を出すという有様でしたから、弱い不甲斐ない嫁と、人々の目に映るのは当然のことだったのです。でも、あなたの子供をほしいと願うのは、世界中の誰よりもこの私ではなかったでしょうか。

それからまた、あなたに離婚の宣告をされ、あなたの家を追われて以後、私はひとり寝の枕を濡らしながら、どんなに度々見たこともない朝子さんにむかって、心のぐちをかきくどいたことでしょう。

――罰があたったのです。朝子さん、あなたの不幸に同情しないどころか、秋水にあまりふさわしくないあなただから、秋水に離縁されたのだなど、思い上ったことを考えていた罰があたったのです。見てごらんなさい。三ヵ月で去られるのと、十年、夫婦として暮した揚句、古草履のように捨てられるのと、どっちが惨めともいいきれません。朝子さん、あなたはもしかしたら、あなたにふさわしい、あなたの善良さ素直さを抱きとってくれる新しい夫に恵まれていらっしゃるのではないかしら。あなたの心の傷も十年の歳月と、今の幸福が少しはいやしてくれていませんか。それにひきくらべ、この私は……三十五にもなって、十年もつれそった夫から一方的に捨てられて――そんなことを朝子さんに訴えつづけては泣き寝入りしていたあの頃。どうしてこんないやな悲しい思い出がよみがえるのだろう。もうあのことは思いだすまいと、あれから五十年、心にとじこめ、開かずの鍵をかけてきたつもりだったのに。思い出というものはすべて歳月の霧を通してみるせいか、美しくぼかされていて、丁度土佐派の絵のように都合の悪い所は雲型でかくしてしまい、美しい山川や、寺塔のたたずまいのいい眺めだけが構図に入ってくるように、すべては美しくなつかしく生れかわっていたものなのに――。

「おばあちゃんの生活はあれ以来、ずっと後向きの生活だものね。もうやがて明治百年がくるというのに、おばあちゃんのように明治のはじめに生れ、明治の終りの年以来、明治という時代の思い出にだけしがみついて生きて来た人間もないだろうね。実に半世紀だよ。弱そうでいて、結局、おばあちゃんが一番芯は強かったんじゃないの」

この間、ふっと、茂さんがそんなことを枕元でいっていました。五十年、半世紀と一口にいってしまっても、その茫々とした歳月の雲烟の彼方をふりかえると、気の遠くなりそうなはるかさ。

　鳩鳥喚晴烟樹昏　愁聴点滴欲消魂
　風々雨々家山夕　七十阿嬢泣倚門

あなたが獄中から母上に贈った切々たる詩が、思いだされます。あの明治四十三年には、あなたは数え年四十歳で獄に下り、母上は七十一歳になられていた。あの時三十六歳だった私が今では八十六歳にもなっているとは。

この詩を贈られたのが明治四十三年十一月十日。その年の六月一日、滞在中の湯河原の天野屋から上京の途中、いきなり逮捕されて以来、実に五ヵ月ぶりにはじめて接見通信の禁を解かれた一番はじめに、この詩と共にあなたが土佐中村の母上に出された手紙は忘れもしない。

「今日から面会も手紙を出すことも出来るやうになりましたから差上げます。まことに此度はトンだことで一方ならぬ御心配を相かけました。不孝のつみ何ともおわびの申やうも御座いません。何事も私のおろかなる故と御ゆるしを願ひあげます。御からだはいかゞですか。私は先々月すこし持病の腸を患《わずら》ひましたが、此せつは全くようなりました。あたゝかく着て、おいしくたべて、好きな本を読んだり詩を作つたりして居ますから御気遣ひないやうに願ひます。人間のことはわかりません。又よいこともまゐりましやうからなるべくからだを大切にして御まち下さいまし。お千代も全く世話が出来ないと申て来ましたが、是もかくあるべき成行です。私のことは堺や加藤や小泉や田岡などの友人も居りますから万事世話してくれやうと思ひます。私の様子は是から堺か加藤あたりへ御聞合せ願ひます。駒太郎殿へは別に手紙かきましたが猶よろしくお伝へ下さいませ。こんな詩が出来ました。友衛にでもよませて御聞き下さいませ。手紙は未決の間は東京市ケ谷、東京監獄で私あてゞ届きます。あたりまへのことだけ書けばゆるされます。

十一月十日　　　　伝次郎

母上様

」

この手紙を、私は十一月二十七日の夜、四谷愛住町の旅館の部屋で母上から見せていただいた。母上はこの手紙を胴巻に巻きこみ、肌身離さず御守りのように持っていられた。

その前日、はるばる土佐中村から駒太郎さんにつれられて上京された母上は、その日、堺枯川さんに案内され、私もつきそって東京監獄のあなたに面会にいったのです。二年前中村で別れて以来はじめて逢った母上は、あの頃よりまたひとまわり小さくなられたようで、あなたによく似た端正な目鼻立ちのお顔がちんまりとひきしまり、むくむくした綿入れの重ね着の上に黒羽二重の被布《ひふ》を着られてもかさが小さく、痛々しい感じでした。

着かれたその夜は長旅の疲れをとにかく休ませてあげなければというので遠慮して、面会のその当日、私は堺さんと四谷へお迎えに上ったのだったけれど、母上は、もうすっかり身支度

を整えられ、きちんと髪を結われて、

「さあ、つれていてもらいましょ」

と、むしろ晴々としたお顔付でした。かえって母上をつれてきた養子の駒太郎さんの方が、緊張のあまり蒼白になって落着かない表情をしています。母上は、もう足かけ三年も逢わないあなたに逢えるというだけで、むしろ押えきれない喜びだけを感じていられるように見受けられるのでした。

「お千代さん、苦労かけてすまんことですのう。もどってから、ゆっくり話をしましょうなあ」

といわれ、案内の堺さんの後にぴったりくっついて、私よりも早い足で前かがみにとっとっと歩かれる。逢いたさいっぱいで、心のせかれきっていることが、その着ぶくれたまるい背姿に滲み出ていて、私はおくれまいと追いかけながら、目がしらを何度押えたかしれません。いつでも面会に出てくる時、あなたは特徴のあるやや眦《まなじり》の吊りあがった切れ長の瞳を、真直こちらにむけ、しみいるような微笑を送ってよこされました。あなたと暮した十年の歳月の間にも、私はあなたからこんなやさしい情にみちた目つきで見つめられたことはなかったものです。この日もあなたは看守につれられて面会所へ現われるや否や、さっと頰を紅潮させ、白い歯を見せて子供のような笑顔をつくって母上の方をむさぼるように見られました。

「お母さん、よう来てくれましたね。つかれたでしょう」

「伝次、顔色がええのう。案じたよりたっしゃそうに見えるぜ。やっぱり来てよかった。逢えて安心したぜ」

「みんな元気ですか。迷惑かけてすまなんだとあやまっておいて下さい」

「みながよろしゅうにというとったぜ」

当りさわりのないことしか、お互いに云えない会話をぽつりぽつり交しているだけなのに、二人がひしと抱きあっているような印象をうけました。あなたは、ようやく、堺さんや私の方へも、一言二言話をし、すぐその時間が惜しかったようにまた母上にだけ目をそそがれ、あれこれ故郷のことなどたずね、一言でも母上の声を聞こうとなさる。まなざしと、ことばだけで、人間がこれほど心を通わせ、愛撫しあえるものだということを目の当りにして、私は涙がこみあげそうなのを必死に押えていました。堺さんも駒太郎さんも、だまって、背後にひかえ、一言もさしはさまない。口をきけばみんな熱涙がほとばしりそうなのをこらえているのが、ひくひく大きく動いている堺さんの耳の下の首の筋肉をみているだけでもわかるのでした。駒太郎さんも胸の前で両掌をしっかりと握りしめ、角ばった肩を奴凧のように張っています。

面会時間はまたたくまにすぎていきます。さすがに何度か、ちらちらと時計をみながら、いいだしかねていた看守が、いい難そうにいいました。

「時間が……」

あなたの顔にまたさっと血の色が上りました。あなたは微笑を見せようとしてさすがに口辺をひくひくひきつらせ、目だけは大きくみひらいて、母上の顔にまばたきもせずそそいでいました。

「おかあさん、もうこれであえんかもしれませんよ」

私は声をもらすまいときものの袖を口中につっこみ、必死になって歯を噛みしめていました。

「おお、わたしもそう思うたけに来たんじゃ」

「どうかおからだを大切にして下さい」

「うん、お前もせいぜいからだをいとうて、しっかりしとらないかんぜ」

母上はそれだけいうと、さっとあなたに背をむけて、私たちの方をみかえりもせず、部屋を出てしまわれたのです。あわてて駒太郎さんが後を追いました。あなたは母上の姿が見えなくなると、堺さんと私の方へだまって頭を下げられました。

もう一言もことばが出ないというあなたの気持が痛いほどわかって、堺さんと私も声が出せずただ頭をさげました。

その夜、私は四谷の宿で母上と一つ部屋に枕を並べて寝ました。監獄ではあれだけ気丈に気をはりつめ、遂に涙一滴こぼさなかった母上が、私とふたりきりになると、耐えかねたように、畳にうつ伏して、うっうっと、声をあげて慟哭されるのです。私が思わず、その背を撫でさすると、ひしと私の膝にすがりつかれ、泣きつづけられる。母上の涙が私のきものを通し、私の脚まで熱くしみとおってきました。

「お千代さん、わたしゃ辛うて……辛うて……あの子が可哀そうで……この年になって、何の因果でこんな辛いめにあわんならんのじゃ」

私も母上の背に折り重なって泣きました。あなたに追われて以来の、これまでのこらえにこらえていた悲しみの堰が切れたのでしょう。その晩、ほとんどふたりとも眠ることが出来ず、かわりばんこに、あなたの想い出話をしつづけていました。

「伝次はあんなところにおっても機嫌よう、にこにこして、可愛らしゅうにしちょったのう。あねいにしちょったら、人も憎むものはないじゃろ、なあお千代さん」

といったり、

「新聞で今度のことを知った時の浅ましさいうたらなあ、もう一歩も家の外へよう出よらんかった。みなが、そない家にばっかりひっこんどったら、からだに毒じゃから、出んさいというてくれたけんど、うかうかおもてを歩いとったら、あれ見よ、明智光秀の母のみさおが通りよると、町の人たちが後指さすじゃろうと思うと、お日《ひい》さんに恥ずかしゅうて、よう外へも出ん」

と述懐するのです。

「あんたも可哀そうにさぞ辛かったろう」

といわれると、決して人にはいうまいと思いつづけてきたあの当時の悲しさを、母上にだけは甘えて何もかも聞いてもらいたい気持を押えきれず、とぎれとぎれに訴えずにはいられないのです。たとえ、あなたの理不尽な我がままの話であろうと、母上の道徳では許せない道ならぬ恋愛沙汰の醜聞であろうと、それらはすべて、あなたが天日を仰ぎ現実の社会に生きて自由に呼吸していた頃の言行と思えば、母上にはどんなことでもなつかしくいとしく感じられるようでした。うん、それで、伝次は何というちょった。うんうんそれで、あの子はどう返事しちょったかのうと、首をさしのばすようにして私の話を聞かれます。私が結婚した時以来、あなたが渡米するまでいっしょに暮していた上、あなたと二人であの事件のおこる前、八ヵ月ほどは中村へ身を寄せて、母上と以前のように一つ家に暮しただけに、私には別れていた二年間が一瞬悪夢のようで、ただなつかしさだけが母上に対してふきあげていました。肉親といっても、あれほど私を案じ、私を愛してくれているただひとりの姉さえ、今度のことでは真向から私の行動に反対し、あえて、私が獄中のあなたに尽す態度をとるなら、絶縁するしかないとまでいっている今、私には母上だけが、天にも地にもただひとり、この世で心をいつわらず、何もかも打ちあけられる人なのでした。

「すまなんだなあ、お千代さん、何ぼか腹も立つじゃろけんど、どうかこらえてやってつかされ、わしにめんじてこらえてやってつかされ」

　私の手を握りしめ、母上が白髪の頭をふるわして慟哭されると、私はもうこの方のためなら、今すぐ殺されてもいいと思われてきました。

「名古屋の姉さんが怒られるのも道理じゃ、伝次は、あの女のことで、人情も義理も欠いたことをあんたにしたけになあ。離縁してわれから去《い》なしてしもうたあんたに、こんなことになったからというて、やれ来い、それ来いと牢屋から呼びたてて、面倒な差入れや、連絡の世話をせいというのは、誰が聞いても道にかのうとりゃせん。わたしじゃて、あんたのことに関しては伝次の勝手なしぐさや、いいぐさに、腹を据えかねとりました。じゃというて、もうこうなってしもうては、何もかも後の祭りじゃ。のう、お千代さん、腹も立とうが、ここをひとつ辛抱して、もうちょっとの間、あれの面倒を頼みます。この通りじゃ」

母上は私の前で額に手をあわせて泣かれるのです。あなたが名古屋の姉に出したきつい手紙のことも話しました。もう自分の病気は重くて、あと長くて、三年か五年しかない寿命だと覚悟していること。その上日毎に政府の圧迫はひどくなるので、たぶん数年内には病気でなくとも刑死する運命はまぬがれまいと思うこと、むしろ、出来る限り革命の為命を投げすて働いて潔く死に度いと願っている。ついては妻たる者は夫の運動を理解し、同情し、夫を激励して死処を得るようにして貰わねば困るという趣旨でした。

「——左《さ》なきだに心弱き婦人で、動もすれば手足まといとなる恐れがある上に、若し他から種々と革命の危険を説かれ、損害や悲惨を論ぜられて忠告を受けると、常に夫の事業を掣《せい》肘《ちゆう》し、志気を沮喪せしむることにもなるかも知れぬのです。夫れ位ゐなら寧ろ妻なきに如かずです。成程私の死後千代の生活問題に就ては色々苦心するのです。併し是は私の革命運動をやめたとて追つく訳でもありませんから、若しあなたが千代の前途を慮《おもんぱか》る為めに、どうしても革命運動を厭ふべきものだと御考へならば、只今の中に断然私との関係を絶つ外はありません。左すれば今の中ならば、まだ年も若いし又何とか前途の方法も立つかも知れますまい。右の次第で、私に対する毎度の御忠告は感謝しますけれど、今度千代が立寄りましても、彼の志気を沮喪せしめ、従つて私の前途を掣肘するやうな御忠告はないことを希望します。若しひどく千代の前途を御心配ならば、其儘此地へよこさないやうに願つて置きます」

四十一年、土佐中村で療養中のあなたの許へ「サカヒヤラレタスグカヘレ」の電報が東京の守田有秋さんから届いて、それを皮きりに赤旗事件の報道が続々と舞いこみ、あなたはとるものもとりあえず、七月の二十日にはもう、中村を一人出発されて上京されたのでした。私は足手まといになるし、東京での住いも、生活のめどもつきかねるからというので、後から出かけることに決めました。出発の前夜、母上や駒太郎さん御夫妻はじめ、お姉さまたち御夫婦など、十数名であなたの送別会が開かれたことも、母上との間で思いだされました。あの時、あなたは、義甥の富治さんに、

「しょせん、畳の上では往生出来ない自分だから、その後はお母さんのことをくれぐれも頼む」

と、そっといわれたと母上が話してくださるのです。あなたが出発して以来、私はリウマチを治し、丈夫になることだけを念じて、あなたからの呼びだしを一日千秋の想いで待っている矢先、舞いこんだのはあなたからの便りではなく、岡野辰之介さんからの、亭主を捨てておいてのんびり養生などしていたら、とんでもないことになるぞ。秋水は女ぐせが悪いから、飼犬に手をかまれ亭主を誰かに寝とられるかもしれないという、無礼千万な手紙でした。意味ありげな、そのくせ曖昧めかした手紙の書き方の悪意にみちた下品さに、私は腹をたて、いらぬお

世話だというような意味の手紙を出したものの、やはり落着かず、早々に上京したい旨あなたに申し送り、許可を待ってすぐ中村を出発したのでした。東京へ出発以来、あなたからの手紙がほとんど来ないので、内心案じていられた母上は、私との別れよりも、私たち夫婦が揃って暮せる事態をかえって喜んで下さり、

「お千代さんがいてくれたら、もう安心じゃ」

と繰りかえしいっておられました。土佐の下田の港であの時母上に見送られて以来、はじめての出逢いがこんなことになろうとは、あの時、誰が想像出来たでしょう。

途中、名古屋の姉の処に先廻りして待っていたのが、このあなたの手紙だったのです。この手紙を姉から見せられた時、私は異様な不気味な気持にまず襲われたのを覚えています。まぎれもないあなたの字、あなたの文章でありながら、どこか、あなたではない別人が書いたもののように思われてなりませんでした。一応筋は通っているのに、この文章には何故か息苦しい不自然なあなたの呼吸が感じとれるのです。これまで義兄の松本安蔵が名古屋の控訴院の判事をしていることから、あなたの運動が義兄の職業柄危険視され、不安がっていたのは事実だったけれど、あなたが兆民先生の愛弟子と識った上で私にあなたとの結婚をすすめたくらいの姉でしたから、姉や義兄があなたに対して全く無理解とはいいきれなかった筈です。事実義兄も姉もあなたの才能をよく認め、あなたの思想をも理解していました。姉などは、むしろ、私よりずっとはっきりした社会主義的考えを持っており、その方面の書物もたくさん読みこなして

いたほどです。あなただって、そのことは充分承知していて、義兄が職業柄、決してあなたの主義や運動を歓迎はしていなくとも、さほどさしでがましい注意もして来ないことを徳としていたではありませんか。それだからこそ、土佐から上京の途次名古屋にわざわざ立ち寄ってもいるし、義兄に対して天皇に危害を加えた場合の法律上の疑問をいろいろ質問なさったりもしたのでしょう。

義兄は事件が表立った時、

「ばかな、あの時、刑法第七三条がどういうものかということを、ちゃんと話してある。その恐ろしさは充分納得している筈だ、そんなばかなことをする筈があるものか」

といって私を慰めてくれたものです。姉の見せてくれたあなたの手紙には、これまで、姉夫妻に対して抱いていたあなたの尊敬や愛情がみじんも感じられません。その上、よく読めば読むほど、前後の文章に矛盾が多く、あなたらしくなく理論が通っていない。私が心弱く足手まといになるきらいがあるといっているかと思うと、末尾の方には、

「又千代よりは是まで別に忠告を受けたこともなく、能く同情して運動を助けてくれましたが、今後もどうか左うありたいと望む旨御申聞け下さい」

とある。かと思うとすぐそのあとに、

「只だ余命いくばくもなく前途のわかつた一身の為めに、彼を苦しませるのは如何にも忍びないので、今の中に彼の安穏に生活し得る方法が立つならば、如何やうにも彼の心任せに致

します」

とある。あなた自身が、私の処分をどうしたものか心定まらず、それでいて、私のことを何等かの形で処分しなければならない事態に置かれていることが、私にはあなたの手紙の行間からかぎとれるのでした。

「革命家としての妻ならば持ちますけれど、左もなくては千代の来るのを望みません。だから今度は矢張戦場へよこす気で御遣しを願ひます」

そんなあなたの文字を見ながら、私は情けなさで涙があふれました。結婚して十年もたつというのに……その間、別れて暮したのは、あなたがサンフランシスコへいったわずか半年あまりと、今度のあなたの上京後の半年たらずの間だけ。それでいて、あなたはこの程度にしか私を理解してくれてはいなかったのでしょうか。少なくとも結婚する前から、私はあなたを普通の平凡な新聞記者とは考えていなかったつもりです。時の権力に敢然と反抗する兆民先生の愛弟子のあなたが、平穏無事な家庭の夫となってくれるなど考えてはいなかったつもりです。軀が弱く、思う十分の一もあなたのお役には立たない自分をくやしく思いはしても、あなたのなさること、書かれることには何ひとつ不満や不安を抱くどころか、全幅の信頼をよせていました。でなければ、私は結婚後、あなたのお書きになるものを平気で読んで暮せたでしょうか。国を挙げて日露戦争の戦勝を謳歌している時、断固非戦論を称え、『万朝報』をやめる時も、あなたが珍しく沈痛な表情で、自分の主義をまげられないから、思いきって『万朝報』をやめる。先のことは全く見当もついていない。僅かでも月々決まった定収入がなくなるのだからどんなに苦しいことになるかもしれない、覚悟していてくれと話された時、私はむしろ、前途の不安よりも、結婚してはじめて、しみじみと、私にむかって自分の主義や思想についてくわしく熱っぽく話してくれるあなたの信頼が嬉しく、心は喜びでみたされていたのです。いよいよ、いっしょに職を辞した堺さんとふたりで、平民社をおこし、月刊『平民新聞』を発行するようになった時の嬉しさ。人手がないので臨時に私を会計係りにしてくれた時の晴れがましさ。いつでもほとんど空っぽの軽い手提金庫を預かって得意になっていたあの頃。この中にお札をいっぱいつめたらいくらになるのだろう。一度でいいからそんなお金がこの中に出来たら、いつでも金欠病で苦労しているあなたや堺さんはどんなに喜ぶだろうなど考えて、新聞紙を切ったお札を蓋が出来ないほどつめこんでみて、

「お金がいっぱいつまったら、こんな重さですよ、ほら」

などと、あなたたちに手提げを持ち上げてみせ、大笑いされた暢気さ。二階が平民社、階下が私たち三人の住いというあの時の生活は、私も母上も一家をあげて平民社の社員であり同志のつもりで生きていましたし、私たちの生活そのものが、公私の区別もなく、あなたの運動や平民社の仕事と渾然ととけあっておりました。事改めてあなたから主義や思想について聞かされたことは、後にも先にも、『万朝報』をやめるあの時だけでしたけれど、あなたのお書きになったものはすべて、結婚前の断簡零墨に至るまで読みあさっていた私には、あなたの考えていらっ

しゃることの大筋だけは摑みとっていたつもりでございました。『平民新聞』は直接購読者だけでも三府一道四一県にわたって一三三七人もありましたし、間接購読者をいれたら、その約二倍はあるといわれていましたけれど、それらの読者の誰よりも熱心に誰よりも一号一号待ちのぞんでむさぼり読んでいたのは、私ではなかったかと思います。

『平民新聞』は婦人の啓蒙にも大いに意を用い、封建的な女の立場にあまんじるべきではないことを、繰り返し記事にもし、婦人を対象にした講習会や講演会も何度となく催していました。その主旨は、女は男の玩弄物になってはならぬこと。一個の人格を持つ人間として自立すること。恋愛は自由で恥ずべきでないこと。むしろ恥ずべきは恋愛のない結婚にあまんじていること。自分の真の人生をきわめるためには何度結婚のやり直しをしてもいいこと。夫に従順であるべきよりは自己の人格の尊厳のために反抗的であった方がいいなどが、称えられていたのですから、それを読み、聞いている私が、あなたとの結婚を恋愛のない結婚と思って暮せたでしょうか。私たちは見合結婚をしたにせよ、結婚後は互いの人格を認め、人間を理解し、恋愛感情を生じ、それを育てているものと信じていました。新婚の頃、あなたはよく、夜、私をつれだして縁日をひやかしたり、寄席をのぞいたり、いっしょにお酒をのむ店へまでも同道してくれました。そうしたあなたの態度の中に、私は愛されているのだと幸せな気持でいっぱいでした。兆民先生が病床でお書きになった「一年有半」の原稿を、堺の先生の病床から預かって帰ったあなたから、これを浄書せよと渡された時の愕きと怖れ。そしてそれにもまして、そんなにまであなたは私を認めてくれていたのかという嬉しさ。

先生が咽喉ガンであと一年半の余生だと宣告されてから、病床で一気呵成に書かれた原稿は、先生の達筆の草書のせいで植字工にはとても拾えないものでした。それを私の下手な字で書き直す仕事は、私の実力に余るもので、泣きたいほどの困難な仕事、それでも私はあなたに認められ、これほどの大事をまかされたという喜びのため、夢中でその仕事をしおおせたのでした。

「御苦労だったね」

とあなたにやさしく一言ねぎらわれたことが、後に兆民先生から私への慰労と御礼の、もったいないお便りを頂戴したより、はるかにはるかに嬉しかったことを白状いたします。あなたが主義のために死ねと、いいえ、あなたのために死ねとおっしゃれば、私は即座に死んでもいい覚悟でした。それなのに、この姉への手紙のよそよそしさ。なぜ、それほどの大切なことなら、夫婦の間で直接私にむかっていってくれないのか。やっぱり、あの中村へ来た岡野辰之介の不愉快な手紙は単なる中傷ではなかったのか。あの手紙を読んだ時すぐ浮んだ顔――管野幽月の黒々したひさし髪の下にいつでも熱っぽく目をきらめかせた青白い顔――あなたとあの人を結びつける妄想を、私は自分に対してどんなに愧《は》じたことでしょう。私の疑惑の影を打ち消してくれるのは、幽月さんが同志の中では最も若い荒畑寒村さんと夫婦だということでした。その寒村さんは赤旗事件で服役中。まさかその留守の間に――。地獄耳の姉はもうすでに私より確かな情報を握っていました。手伝いによこしていた妹のおてるさんをあなたが手ごめにしたといって岡野辰之介があばれこんだことまで、姉は聞きこんでいて、「おてるさんがつれかえられた後へ幽月が女房気どりでほとんど毎日出張しているそうだよ。こんな冷たい手紙をみても、あんたの居心地のいい筈はない。も少し、はっきり話をつけるまで、強気に出てここに留まっていたら」といってくれるのでしたが、私は姉の忠告をふり払うようにして上京しました。

一月十五日、何の前ぶれもなくふいに私が巣鴨の平民社へたどりついた時、玄関へ出迎えたのは幽月さん。いきなり私の顔を見たとたん、はっと、肩をひくようにして目を大きく見開いたあのひとの愕きと狼狽の表情を見た時、私はすべてを覚りました。私たちが土佐へ行く前にもよく遊びに来るようになっていた幽月さんは、私にも妙に甘えかかるようになついていたので、私も妹が出来たような気持になって、親切にしていたつもりだったけれど、この瞬間、私はこの人を本心では決して一度だって好きではなかったことをはっきり悟りました。あなたを慕ってくる同志、しかも一人でも多くなってほしい婦人主義者の一人として、大切にしなければならないという気持があったから、自分の感情は押えこんでいたことに気づきました。私より六つも若いのに、時に私より十も年上のように感じさせる世故に長《た》けたところがあるかと思うと、まるで仔猫がじゃれるように鼻をならして、私やあなたに甘えかかる時は十七、八の小娘のようにも見える幽月さんを、私の女の本能が、逢った瞬間から毛嫌いしたのです。あの人はスガというのが本名なのに、須賀子と書くのが偶然名古屋の姉と同じ字で、それも私は口には出しこそしないけれど、内心とても嫌で、いつでも雅号の幽月さんとか、管野さんとしか呼

ばないことにきめていました。幽月さんは私に、

「まあ、奥さん、お帰りなさいまし」というなり、ばたばた奥へかけこんで、「先生……先生……奥さんがお帰りになりましたよ」

と、はすっぱなほど甲高い声をあげました。自分の家なのに、なぜかその時、私はすぐ上っていくのがためらわれて、玄関に佇《た》ちすくんだのです。

「何だ、急に。どうして知らせて来なかったんだ」

玄関へ出てきたあなたの半年ぶりで聞くことばがそうでした。あなたの後から上っていくと、奥のあなたの部屋のこたつのまわりを、幽月さんがあたふたと取り片づけていました。その夜から、もう離縁話がきりだされたのです。私が寝こんでしまったのは、長旅の疲れでも持病のリウマチのせいでもない。あまりの思いがけなさ、わずか半年たらずの間に、すっかり変ってしまったあなたの心の納得のいかなさに、悶えに悶えて精神より軀の方が音をあげてしまったのです。

これまであなたのいうことに何ひとつさからったことのない私が、こればかりは抵抗して、どうしても離縁状に判を押す気にはなれません。私たちが土佐へ帰っている間に赤旗事件がおこり、堺さんはじめ、大杉栄さん、荒畑さんたち、私たちの親しかったおもだった社会主義者がことごとく投獄されているのですから相談したい人もいません。あの頃私が一番逢いたかったのは寒村さんだったのです。堺さんに可愛がられていた寒村さんは一本気な美青年で熱情家

でした。私にもなついてくれた寒村さん。獄中で服役中のあの人が、幽月さんとあなたとの噂を風の便りに聞き知ったら、どう思うか。あなたは、離婚の理由には、決して幽月さんとの愛情問題をあげはしなかった。それでも政府の弾圧のためとか、新しい運動のためとかいう理由のどれにも納得出来ず、

「ほんとのことをいって下さい。もう何を聞いてもびっくりしません。人の噂やあいまいな想像で臆測したくないのです。あなたの口からほんとのことをいって、引導わたして下さい」

と泣いていった時、はじめて、

「今は、噂だけだ。誓っていい。しかし人間の感情のことだから、先はどうなるかわからない。幽月に同志以上の感情を抱きそうなのを努めて押えている。時間の問題かもしれない」

とあなたは苦しそうにいったのです。それで私は離婚の書類に判を押したのです。三月一日、巣鴨の家を出る時、あなたはさすがに私をあわれと思ったのか、私が断わるのに、神奈川の加藤さんの別荘まで送って下さった。けれどもその晩、おそく、泊ってくれないで帰っていくあなたを見送ってしまうと、私はもう精も根もつきはてて、身動きも出来なくなりました。私が自殺を思いつめたのは、あの晩だけでした。

名古屋に三日めにたどりついて以来、私は姉の家で寝こんでしまった。あれからの二年、私はあなたを忘れることだけにつとめてきました。名古屋の姉の許にいた夏の頃、とうとうあなたから幽月さんと事実上夫婦になった。それでもお前のことは妹のように思って生涯愛しても

いくし、面倒も見るつもりだといってきた時は、もう涙も出ませんでした。

すすめる人があって大阪に出て、シンガーミシンの講習を受け、購買者に使用法を教える仕事が出来るように努力しはじめました。女も経済力を持たねばならぬこと。あなたと暮した時、机上の理論としては理解していたつもりのことを、私は身にしみて実践に移しはじめたのです。あなたとの生活に破れ、あなたに裏切られた時、あなたに教えられた社会主義的な物の考え方で自分が救われようとは皮肉でした。そして昔の私なら、死んでも受けとる筈のなかったあなたからの月々の送金を、あなたの当然の義務の金として受けとるよう、自分に無理にも馴れさせたのでした。それでも、あなたからおくれがちな送金が届く度、私に何の喜びもなく、苦痛と屈辱だけが胸にあふれ、とても、お礼の手紙など書く気にはなりません。

あなたはそれを不審がり、金を受けとったくらいの返事は書くようにと度々要求してきましたね。

「伝次からあんたを離縁したというてきた時には、わたしゃもう、腹が立って腹が立って、あんたにすまんけに、あの子を一思いに勘当してやろうかと、真剣に考えたくらいじゃった。それまで、あの子のことを世間の人がどう悪ういうても、笑われても、わたしは悪口いうもんにゃいわしておけ、普通の人にはわからんわと、いつでもあの子の味方じゃった。伝次は自分の欲でしとることではのうて、世間の気の毒な人のためにちょっとでも世の中を住みよいよう、人がしやわせになるよう命をすてて気ばっとるんじゃから、ほめられてええのじゃと、気にもかけんときた。あの子からも、今から三十年か五十年の後には、必ず自分のしていることが実を結んで、貧乏人がすみようなる世の中が来るというて来とったのをわたしは信じとった。何ぼう人のために尽しとっても、とがもない自分の女房を無理やくたいに離縁して人の道に外れてええ報いがあろうか。そんな罪なことして罰が当らんとおろうものかと思うておった。あの時、あんたが、殺されてもここ動かんというてあの家でがんばっとってくれたら、こんなことにならなんだかもしれんなあ。これも運命じゃろうけんど」

泣きながらかきくどかれる母上の嘆きを聞いていると、私も自分のうけた苦痛は忘れて、もしかしたら、私は弱すぎたのだろうか、従順すぎたのだろうかと今更のようにくやまれるのでした。母上は悲しみのあまり、心も乱れて、肌身離さず胴巻に巻いて持っていたあなたの手紙を全部とりだして、読んでみよとおっしゃる。何気なくとりあげた一番部厚い手紙は、原稿用紙に墨で書かれていて、丁度一番上に出ていた何枚めかの文字がいきなり目にとびこんできました。

「……母上様にはまだ詳しく申上げませんでしたが、実はお千代を離縁したのは、只だ政府の迫害や、姉さんの干渉があつたばかりでなく、何年来二人の間が面白くない、いつまでも誠の情愛が出ないから左ういふことに決したので、是れは全く仲人の言ふことを真に受けて、見ず知らずの人と結婚し大に思わくが違つたからです。此事は離縁の時にお千代にも十分にいひきかせて置きました。お千代の気質が私とは合はない、うそばかりいふので面白くないから、是れまで幾度も離縁しようとしたことは、母上様も御承知のことと思ひます。今でも姉さんやお千代も元の通りなることもあるかと思つて居るやうですけれど、一処に居れば気に入らぬことだらけで、どうしても末の見込はないことは分つて居ますから、初めから愛情がないから今後は銘々の思ひ通りにしよう、其代り食ふことだけは世話するといふ約束で別れたので、本人も夫《そ》れを承知して居たのですけれど、余り気の毒だから外へは此事は言ひませんでした……夫れで管野の方は戸籍とか何とか面倒なことは無用ですから、此儘で同居します。同人はお千代のやうに、つくりかざりもなく、おせじもないのですけれど、主義の為めにも家事の為めにも、まじめで熱心に働いてくれるし、私の身の上も私の考へも能くわかつて居るやうですから今では円満幸福にくらして居ます……」

この手紙を書いた同じあなたが今朝、母上を宿へ迎えに出ようとした時、受けとった獄中からの手紙には、

「先日は久し振に面会が出来て満足だつた。但だ御身の病気の良くないのを面あたり見ては殊に胸を痛める。病気には心配気苦労が一番毒だ。殊に神経性の病気は左うだ。薬も必要だけれど、主として自然療法とか精神療法とかいふもので心配気苦労を無せねばならぬ。絶対に無くするのは聖人でなくては出来ぬが修行次第でイクラか忘れることが出来る。そして神経の過労を防ぎ之に消耗する多量の血液を節約して消化器其他の働きをよくするのだ。何でも万事を楽天的にやつて行くことだ。夫から神経の休息には毎日一度づつ静坐して無念無想

になつて見る。夫には気海丹田といふ下腹部に心を落ちつけて気を散さぬやうにして出入る息を一つ二つと数へて見る。初めは種々雑念妄想が起るけれど日を経ると全く無想三昧になることが出来る。斯《か》く息の二三百数へる間静坐した後は血行がよく消化も出来気もからだも軽く感ずる。禅宗などで長寿法と命《なづ》けてやることだ。是を実行すればキット血行がよくなり病が軽くなるから試みて御覧なさい。私が心を込めての忠告だ」

と書いてくれています。

これもあなた、あれもあなた。人間というものの不可思議さ。母上に見せたくて持って来たこの手紙を読んであげました。

「天地に唯だ一人なる母を置き牢獄にわれ捕はれて来つ」

とは山口孤剣さんの短歌で、あなたや同志の人たちのよく愛唱したものでした。あなたの母孝行は人一倍のもので、私は名古屋でこの事件の大検挙のことをはじめて聞いた時も、あの母孝行のあなたが、母上の生きていらっしゃる間にはそんなことをする筈がないと考えた位です。後になってわかったことですが、やっぱりあなたが幽月さんや新村忠雄さんたちの天皇暗殺計画にまきこまれ、一度は賛成しながらも、その後スペインの無政府党員フェレル教授が捕えられた際、その母や妻子まで拘禁され凌辱を受け、フェレルは銃殺された事件を知って、自分がこの事件を決行したら、母上が、政府や世間からどんな迫害を受けるだろうと心配しはじめ、直接行動の計画からほとんど身をひいていたということを識りました。

あなたは今度の長旅がきっと母上の御軀にこたえ命を縮めるだろうと、獄中からしきりに案じていましたが、その予感が的中し、母上は土佐へ帰られて、一ヵ月め、十二月二十七日になくなられたのです。その少し前、

「御手紙けふ拝見しました。どうぎやザツシいろいろ入れてもらつて、本人もうれしいでしよ、十日にはかの地へ御出でしよ、私は新聞ばかりせんぎして居ます、ひどくさむく成てさぞいたむでしよ、御案じ申ます、あまりむりせぬやうねがひます、こちらへかへるとから、まい日しぐれやあられで、さむくてたまりません。へいこうですよ、まだ家はかへませんか、大石さんのおくさんもおきのどくですねえ、同じやうにたへません。たばこやつまかはもう入ません。御心ぱい入ませんよ、

さやうなら」

という手紙をもらっていただけに、この急逝の報せはこたえました。誰の胸にも、自殺では……という考えが浮んだのは、時が時だけに当然だったのです。あなたも堺さんに、

「……若しや又自殺ではないかといふ疑ひがムラムラと起つたのだ。僕が日糖事件のやうなことで入獄したなら、仮令《たとへ》軽罪でも、母は直ぐ自殺したかも知れぬ。今度の大罪も無論非常の苦痛を感じたであらうが、併《しか》し是は僕の迂愚から起つたことで一点私利私欲に出でなかつたことだけは、母も諒してアキラメてくれたらうと思ふ。単に之を恥ぢたとか悲観したとかで自殺することのないのは、僕はよく知つて居る。万万一ホントに自殺したのなら、其《その》理由

は一つある。即ち僕をしてせめてもの最後を潔くせしめたい、生残る母に心をひかされて女々しく未練らしい態度に出でないやうにとの慈愛の極に外ならないのだ。此理由に於ては或は刃に伏すことも薬を仰ぐことも為しかねない気質であつた……」

と訴えていられます。それから二十日後、あなたをはじめ二十四名が死刑、翌日恩赦で十二名死刑と改められた未曾有のむごい宣告を聞かずになくなった母上はかえって幸せだったかもしれません。十七の年まで何不自由なく育ち、幸徳家へ嫁した頃は振袖姿の初々しい若妻としてすごろくばかりしていたという人。四人の子供を残されて女の厄年に寡婦になって以来、再婚もせず子供たちを守り厳しい生を貫かれた母上の最後は、何かの恩寵だったのでしょうか。少なくともあなたはこの世での唯一の心残りが取り払われ、幾分なりと処刑される時心が軽くなられたことでしょう。

蓋に姓名を墨書した十二の柩の前に立った時のことを、堺さんがことば少なに話してくれた直後、私はふたたび、真暗な奈落にきりきり落ちていく自分を感じ、体じゅうが冷たく凍りつくように思いました。

あら、あなた、またチャメがふとんにもぐりこんできました。こら、来てはいけないっていうのに、また叱られますよ、チャメ、だめ、そっちのおふとんにいっては旦那さまに蹴っとばされるのよ。まあくすぐったい。少しはじっとしておいでチャメ、チャメったら……おや、まだ夢のつづきなのかしら……チャメだなんて、五十年も昔の土佐の中村の家に寝ている夢だったのだろうか。京都を真似た碁盤の目のような路筋が通っている物静かな土佐中村、天井も柱も黒光りに光っていた旧い広いあなたの生家……中村の町は、戦後、あれはたしか二十一年に襲った南海地震で、大部分が戦災以上に破壊されてしまったとか。もう私の記憶にたたみこまれている幸徳家ももとの邸はすっかりなくなっていることだろう。チャメが突然出てくるなんて、あれは、あなたと中村へ帰っていた頃、あなたは毎日、閑さえあれば、机に向ってクロポトキンの「パンの略取」の翻訳をつづけられていた。どこからかもらってきた狗《いぬ》の子、白と黒のぶちで真黒な目がつぶらつぶらして、みつめていたら思わず笑い出したくなるような、どこかこっけいで可愛い顔をした狗だった。犬好きのあなたはずいぶんと可愛がった。あのチャメの命名の時のおかしかったこと、あなたは何でも「勝右衛門」と名づけようといってきかない。

「だって勝右衛門っていうのはなくなった伯父さまのお名じゃありませんか」

私があっけにとられて抗議しても、あなたはあの時ばかりはにやにやして妙に依怙地に勝右衛門を固執なさる。伯父の未亡人の浅子伯母が現に一つ家に暮しているのだから、もちろんそんな名で狗を呼べよう筈もない。とうとう私のつけたチャメがいつの間にか狗の名になってしまったが、その頃になってこっそり、あなたが教えてくれるには、子供の頃、愛犬を犬嫌いの浅子伯母に捨てられた想い出があるので、わざと伯父の名をつけてやろうとしたんだという。私はすぐあなたの陰謀を母上につげ口して笑ってしまった。

「おばあちゃん、これで熱すぎますか」

きれいなはりのある声が聞えてくる。

「湯タンポいれますよ。おしもきれいになってますよ」

歌うような声は文さん……目をあいたら、天平美人のような豊かであたたかい文さんの顔が間近で笑っている。さっき夢でチャメのあたたかさと思ったのは文さんのいれてくれた湯タンポだったらしい。腰のあたりにひとつ、足先にひとつ、ふくふくとしたあたたかさが伝ってくる。湯タンポは文さんの縫ったネルの袋をかぶっているので、肌ざわりが柔かい。いつかも、湯タンポをすっかり「みい」が戻ってきたのかとまちがえたことがあった。みい、あんなに可愛がっていた三毛のみいがいなくなってしまってから、急に私ががっくり老いこんでしまったと茂さんがいう。

赤ん坊を寝かしつけるように、文さんは私の蒲団の衿から両脇を丁寧に押えつけ、

「外はほんとにいいお天気ですよ、おばあちゃん、何だか春がきたみたい……二月には時々、こんな春みたいなお日和がありますね、ちょっと裏で洗濯していますからね」

肥った文さんは、ゆっくり腰をあげると台所の方へ去っていった。明るく晴れ上った冬空を思い描いてみる。瞼が、まるでのびたゴムのようにすぐ目の上に下ってきて、おしあげようとするのに、なかなか思うようにいかない。枕の上で頭を廻すのも、臼を動かすように重い。縁側の軒先に、ブロックの塀で切られた空が、細く帯のように見えている。まっ青な空、雲がひ

とつ、真綿をのばしたような薄さで、漂っている。あなたが獄中の鉄窓から見ていた空は、まだこの何分の一の小ささだったのでしょう。

そっと手をのばしておなかから、下へさぐってみる。乾いてあたためた柔かな紙のようになった古浴衣のおしめがあてがわれている。もうこうして、寝たっきりになって、下の感覚まで失ってしまってから、どれくらいになるのだろう。一ヵ月か、半年前か、この頃は朝も夜もなくうつらうつらしてばかりいるので時間の観念がすっかりなくなってしまった。

時々、急に頭の中が冴えかえり、厚い曇天が切り開かれ、その奥から光りにみちた蒼空がのぞいてくるように、すべての記憶という記憶がきらきら光りながら一挙になだれ落ちてくる時がある。時々、そっと覗きこみに来てくれる茂さんや文さんに、そのことを告げたいと思うのに、そういう時にかぎって、舌が巻き上ったようになってしまって、声が出ない。

私はもう何日うちの人と話をしていないのだろうか。下の感覚がなくなってしまったことだけがとても心細い。私の寝床はこの家では一番上等の八畳の真中に敷かれている。部屋という部屋、玄関から、廊下まで、床が傾きそうなほどつみあげられた茂さんの本が、この部屋にも壁という壁をおおいつくしている。一揺れ地震でもきたら、本に圧し殺されてしまいそうだけれど、私は子供の頃から父の本の中で育ったせいか、本さえ並んでいたら心が落着くし、本に圧死させられるなら本望だと思っている。

茂さんが、無類の本好きなのが私には何より嬉しい。よく昔、茂さんの友だちが遊びに見え

ると、茂さんは、

「うちのかあさんは、ぼくが本さえ開いていたら機嫌がいいんだ。中身は何でもいいんだ。本を何百円買って来ても文句いったことがないよ」

と笑っていた。自分でおなかも痛めないのに、茂さんのようないい息子を得て、文さんのようなやさしい嫁にかしずかれて、まゆみちゃんのような可愛い孫まで育てて……私のあれからの生活はもったいないほど恵まれている。

あなた、田中の茂さんを覚えてはいらっしゃらないでしょうね。大阪で紡績を盛大にやっていた田中の長男の茂さんです。遠い縁つづきになってはいても、親類づきあいもほとんどとだえていたのに、ふとした縁から、長男の茂さんを預かることになったのは、茂さんの生みのお母さんが早死なさって、小さい茂さんが継母になつかず、たまたま、姉の家で逢った私にすっかりなついてしまったからでした。

あなたが処刑された後、私は大阪で習い覚えたシンガーミシンの購入者に縫い方を教える仕事をして、どうにか、食べるだけがようやっとの生活でしたが、病気しがちだったし、十分に働けず、結局はずいぶん名古屋の姉の世話になっていました。あなたの処刑の前後は、義兄の職掌柄、私を絶縁していた姉も、二人だけの姉妹のことだし、私を見捨ててはおけなかったようです。

孤独な私の生活の中に、無邪気な子供の天真さを注いでくれることを考えついた姉は、田中に交渉して、茂さんを私の手許で育てることにはからってくれました。それ以来、思いもかけない縁から、私たちは本当の母子よりも睦まじく暮してきたのです。素直で、優しい茂さんは、私のことを、およそ怒ったことのないおふくろといってくれますけれど、私からいわせると、茂さんほど手のかからない子供はありませんでした。田中からありあまる仕送りがありましたので、茂さんと暮すようになってからは、私はお金の苦労はしなくてすんだけれど、あなたの処刑後も、ずっと二人ずつついてまわる尾行は何年たっても私の影のように消えません。あの事件のあと、数年間ほどは、米屋や八百屋にまで先廻りして、私があなたの妻だといって歩くので、国賊の女房にうちの物は売れないといわれ、お金を持ちながら、危く飢え死しかけたことが何度かありました。一番困ったのは引越しの時で、話はついているので安心して荷物を持って出かけていくと、その間に警察の手が廻っており、お貸し出来ないといわれる。一番ひどい時は荷車に荷物をつんだまま、一日に三度も転々と引越し、ついに私も、もうやけになって、その荷物を持ったまま四谷署へ出かけ、

「あなたたちの妨害で、部屋ひとつ借りられないから、今夜から、ここで泊めてもらいます」

とさっさと荷物をおろしてしまいました。

これにはさすがの警察も困ったらしく、その夜のうちに早速、一部屋見つけてくれ、影法師さんたちが手伝ってくれ、またたくまに、引越しが完了いたしました。あの時はさすがに得意で、あなたが生きていたら、どんなに痛快がってくれるだろうと、ひとりおかしくなってしま

いました。

でも茂さんには本当に気の毒なことでした。私と暮したばっかりに、中学時代から尾行がつきまとい、何の罪もないのに、どこまでも二つの影法師をひきずって歩かねばならぬ始末、とうとう、学校へゆくのも厭気がさし、大学を中途で止めてしまうなど、考えてみれば、ずいぶんむごいことをしたものです。

震災があり、戦災があり、茂さんの財産もなし崩しに食いつぶした上、戦後の混乱に見舞われ、私たち一家も一通りの経済的な苦しみもなめましたけれど、こうして高円寺の静かな露地の片隅に落着いてからは、また穏やかな日が流れています。

今度、老病で寝ついてしまうまでは、あの病弱だった私が、自分でも信じられないほど丈夫になり、子供のように小さい軀は年と共にいっそう縮まりながらも、大病ひとつせず、生き永らえたというのはどうしたことでしょう。あなたは唯物論者で、死後の霊魂などは信じていらっしゃいませんでした。死ねば元素に復帰するだけなどと達観していらっしゃった。私もあなたの影響で、神も拝まず、仏にも頼らず、八十六年の長い生涯をここまでたどりついてしまいました。けれども、私の心の中に、あなたという人の俤が一日でも消えたことがあったでしょうか。あなたを殺されて以後、私はかえってあなたの俤を私の心の中に閉じこめてしまい、あなたと一体になった感じで、不思議な安心立命の心境に達していたようです。あなたが獄中からあれほど最後の最後までお心にかけて下さった私の健康は、あなたのこの世にあった時の心の一念が凝って、護り抜かれて来たとしか思われません。霊魂はないのかもしれません。けれども人間の思いは凝って、激しい意志はこの世に遺り生きつづけるのではないでしょうか。

いつからか、あらゆる災害をさけて死をまぬがれる私の生は、私のものでなく、あなたの意志によって生かされているという気がしはじめました。毎日、新聞を見ることも、ラジオを聴くことも、あなたが想像も出来なかったテレビというものを観る時も、私はあなたの意志と共に読み、聞き、観てきたように思います、あなたの予言した世界の動き、人類の歩みを、私は半世紀の間ひっそりと、東京の片隅で生きつづけ、見守って来ました。五十年前あなたの叫ばれ書かれたことが、今この昭和の三十五年という時にも、そっくりそのまま、通用するおかしさ。誇らしさ。相変らず人間は戦争を繰りかえし、相変らず資本家は労働者を搾取しつづけ、相変らず女は男のために泣いています。そしてこの国では相変らず元首が存在し……それでもやはり、あなたの蒔いた種はあなたたちの血潮を肥料としてしっかりと根づいたようです。

かつて平民社へ出入りしていた方たちも、もうすべて鬼籍に入られ、今では荒畑寒村さんだけが御健在、遠い昔、服役中の留守に管野さんをあなたに奪われ、出獄するなりピストルを懐にあなたの命を狙った寒村さんと、あなたを管野さんに奪われた私とが、最も長く生き永らえているというのも、何かの宿世《すくせ》の縁でしょうか。昔の歴史は語り部の婆が語り継いだとか。私は語りもせず、伝えもせず、ただ見つづけて、もうまさに死んでいきます。私自身が半世紀の歴史の証人として。

塀の外で甲高い子供たちの声がしている。いきいきした子供たちの動きが手にとるように伝わってくる。

「やい、ぼく、月光仮面だぞ」

「ちがうよ、月光仮面はぼくだ」

たそがれの東京の町、私の瞼に五十年前の東京のたそがれが浮んでくる。獄中のあなたに面会にいった帰り道、いきなり通りの行く手にばらばらと駈け集った子供たちが捕縄遊びをはじめ、その中の、目の大きな、才槌頭のわんぱくっ子が大みえきって、

「やあやあ、ぼくは幸徳秋水だぞ」

いとしさに思わず見つめている私の前を、やがてその子はいつのまにか白い紙の幟をおしたてたはしこそうな小柄の少年になって走る。細い顔、吊り上った一重瞼、通った鼻筋、子供にしては整いすぎた色の青白い男の子は、たそがれの湧く中村の町を駈けぬける。子供のあなた。その後に十四、五人もの自分より大きな男の子たちをひき従えて、てんでに持った旗竿には、自由党と黒々と書かし、声を限りに自由党万歳を叫ばせながら……餓鬼大将のあなた……もしかして私が産んだかもしれないあなたの子供の顔、姿……

霧がわく。ひたひたと、天井から壁から、畳から霧がわき、しのびよる。黒い霧が瞼の奥までしのびいってくる。何もかも霞む。昏く、次第に昏く……夜なのか、朝なのか……それとも、もう……。

明治四十四年一月二十四日、大逆事件のため死刑になった幸徳秋水の、離縁した妻師岡千代子は、昭和三十五年二月二十六日早朝、東京都杉並区高円寺町七丁目の田中茂方で逝去している。死因は老衰。数日、意識不明のまま、おだやかに息をひきとっていったという。死顔はむくみがあらわれ、別人のようにはれ上っていたが、茂の妻文子が死化粧をほどこしてやろうと櫛をあてると、急に瞼のはれがひき、瞼の皮膚の裏にたまっていた透明な漿液があふれ、目頭に露になってとどまった。共に暮しはじめて以来、一度も千代子の泣顔をみたことのない文子は、千代子がはじめて涙を流したような衝撃をうけ、櫛をとり落した。「風々雨々」という秋水の想い出を書き遺した一冊の書物の外に、二三幅の自筆の絵が遺品の中からあらわれた。その一枚に、鴛鴦《おしどり》を描いた一幅がある。水に泳ぐ鳥は一羽しか描かれていない。構図からみても、彩色から見ても、それは未完の絵とは見えなかった。

あとがき

ここに収録した五つの作品は約十年にわたって書かれたものである。すべて実在の人物をほとんど実名で扱っているという点でひとつの系列をつくっている。

最初に書いた「春への旅」というのは原題「小説丹羽文雄」として、『婦人公論』の実名小説特集に書いた。他に、何人かの作家について女の作家が書くという編集部の企画であった。

その頃から所謂実名小説というのが流行しはじめていた。私はたまたま、「田村俊子」を書きあげ、岡本かの子を「かの子撩乱」に書きはじめていた頃なので、愉しんで書いた。丹羽文雄氏には文学を志し上京して以来、氏の主宰の『文学者』に同人として入れてもらい、『文学者』には処女作「痛い靴」を載せてもらったし「田村俊子」も一年にわたり連載させていただいた。そんな関係で、氏は私にとって恩人の一人であったが、一対一でゆっくりお目にかかる機会というのはなかった。この時はじめて取材の形でひとり丹羽邸を訪れ、二時間近く、氏と応接間でふたりきりで様々なお話を伺った。その時の氏の優しさと温かさを私は決して忘れることが出来ない。与えられた枚数が少なく、この時の感動を、この大人物を描くにはとても小指の先ぐらいしか書けはしない。私は何日か思いあぐねたまま、名取春仙というこれも実在の人物を配することにしてやっと、書くことが出来た。名取春仙は「かの子撩乱」を書いている時知った人物で、岡本一平が、春仙の病気で、『朝日新聞』の小説の挿絵の代作をしたことから『朝日新聞』と縁が出来たという因縁のある人物である。たまたま新聞でその悲痛な死を知ったばかりであった。

この小説の後、丹羽先生から直筆でユーモラスなモデルの言をいただいたのが忘れられないのと、思いがけず正宗白鳥氏からほめていただいたのが望外であった。

「ゆきてかえらぬ」はこの小説に書いた通りの経緯で氏を知り、この小説が生れた。

この小説が縁になり、今も尚御健在な氏夫妻との交際はつづいている。

薩摩氏は私がこれを書いた頃より、よほど御元気になられ、相変らず徳島に住んでいられる。利子夫人を伴ない、念願のパリ行きを、この後二度も果されたことは氏のためにも夫人のためにも本当に慶賀に耐えないことであった。

往年のダンディは、このせち辛い秒刻みの時代にも、二度とも悠々と船旅を選ばれたのはさすがである。

現在は、利子夫人が可愛らしい洋裁店を出され、大いに繁昌している。氏も随筆や想い出話に時々健筆をふるわれ、おだやかで美しい晩年の日々を愉しんでいられる。

この小説のため、浅草のストリップ劇場に通い、ストリッパーたちにとても親切にしてもらったのが忘れられない。私が男だったら、荷風散人に倣って、ストリップ小屋通いが病みついただろうと思う。

パリでは画家の加藤一氏御夫妻に大いにお世話になった。大学出の競輪選手として鳴らした加藤氏が、今ではパリでユニークな新進画家として制作に明け暮れていられるのも小説以上にドラマティックな話であって、私には忘れられない。この御夫妻ともこの小説が縁になり、今尚おつきあいがつづいている。「三鷹下連雀」は私の自伝的要素が入っているので私には思い出深い。今でも三鷹下連雀には、この場所に下田家は店を出している。

先日、テレビで御対面という番組に出た時、いきなり下田家の人々があらわれて、十何年ぶりかの対面をさせてもらって嬉しかった。

小説の中に出てくる人はシユンというやさしい人だったが、先年なくなっていられた。私には忘れられない人である。

太宰治の忘れ形見の治子ちゃんとはこの小説に書いた通りの形でお目にかかった。それ以来、ずっと親しいおつきあいがつづいている。この後、治子ちゃんは、自分の思い出をつづり「手記」と題して文芸雑誌『新潮』に発表し、それがひきつづき本になり、また映画にもなった。「斜陽の子」というジャーナリスティックな名を冠せられる運命に生れ、育ったのに、治子ちゃんは文字通り天使のような素直な少女に育っていた。治子ちゃんを産み、そのためにどん底の生活苦をつぶさになめてきた筈なのに、太田静子という人もまた、童女の心のまま、大人になったような不思議な女人であった。

危くて、捨てておけないという感じを抱かせられる。

治子ちゃんを育てるため、静子さんは太宰の死後、一銭の金も太宰家からは得ていない。自分が馴れない賄婦の仕事をし、冬に、火鉢もストーブもない四畳半の生活をつづけた。治子ちゃんの手記によれば、地に落ちていたじゃが芋をかじったというような悲惨な生活をしている。それでいてこの親子にはみじんも暗さと卑しさがない。聖母子というのはこういう人たちのことかと、私は彼女たちに逢う度深い想いに捕えられてしまう。

治子ちゃんはこういう育ち方をしたのに、『手記』一冊で得たお金でもって、自力で大学を卒業した。そして、今、小説家になろうとして、こつこつ書きつづけている。一方、太宰の正妻側の娘さんも津島祐子のペンネームで最近小説を書きはじめている。この同い年の異母姉妹に、父の天分が等分に伝わっているのは不気味なほどである。

それぞれ、全くちがった資質を見せはじめたそれぞれにユニークな小説を読むと、二つの蕾がこれからどの様な開花をとげ、どんな大輪の花を咲かせてみせてくれるのかと愉しい。

私は、こうした縁から大いに治子ちゃんびいきだけれど、津島祐子さんの愛読者でもある。治子ちゃんは最近、ますます、太宰そっくりになってきた。静子さんにはほとんど似ていない。不気味なくらい躰つきや顔が写真でしかしらない太宰に似ているのだ。一度も抱かれたことのないのが淋しい。一度だけでも赤ん坊の時、父が抱いていてくれていたら……治子ちゃんからたった一度聞いた深い悲しみであった。

太宰をめぐる女たちの中では結局、静子さんが最も幸福なのではないかと思う。自分の夢を売る人たちの小説をトルーマン・カポーテが書いているが、太田静子という人は、たとい現実にたべるものが何ひとつない時でも、自分の夢をたべて栄養をとれる特異な体質の人のように思われる。

三鷹の下連雀のこのあたりは今、目の前にありありと樹や草まで鮮やかに思い描くことが出来る。しかし私は、下田家を出て以来、十何年、一度もここを訪れていない。ここばかりではない。私は引越魔で二年に一度くらいの割で越すくせに、一度引越した家のあとはよくよくの場合でないと訪れていない。いつでも、前ばかりを見つめて、何かに追いたてられるような生き方の私の暮しぶりの忙しさもあろうが、私にはなつかしい場所を、再び目にした時、自分の中にたたみこまれている想い出が裏切られるのが怖いのである。

もう三鷹の南通りは十四、五年前とは別世界のように変っていると聞く。その道をたどり、昔の夢を引きもどすことは難しいだろう。私の中に、たたみこまれた風景のすべては、まだその当時のままの輝きを持っている。その中ではまだ、やさしい下宿の老婆もにこやかに笑いかけてくれる。

「霧の花」を私が書いた頃は、夢二ブームというのはほとんどなかった。往年の夢二ファンのごく少数の人だけの間で夢二は神であった。

私がこのささやかな小説を書いた後から、まるで爆発したように夢二ブームがわきおこった。夢二展がやつぎ早に開かれ、思いがけないことにこの展覧会に、今の若い人たちがどっと押しよせた。

夢二の画集や、夢二の伝記も続々出た。どれもみんな豪華で、精密で申し分ない画集や伝記であった。私の出る幕はもうない。私は楽しんで人の書いた夢二伝を読みまたさまざまのことを教えられた。

『平民新聞』に若い夢二が絵を書いていたり、社会主義研究会に出席している写真があったりして、それらを私は「美は乱調にあり」を書く時、発見したのが、夢二に興味を持ったはじまりであった。

「鬼の棲」を書く時、本郷の菊富士ホテルに夢二がしばらくいたことも知り、きれない縁を感じた。「鬼の棲」の中に夢二とお葉のことを書いたが、この方が小説としてはいい。私は夢二の女たちの中では、お葉が一番好きだし、小説になる人でもある。しかし、この人はまだ存命で、夢二のかつてのモデルといわれることを厭がっていると聞いたので、もう書くことはないと思う。幸福に暮していられ、今でも美しいと人づてに聞いている。

「鴛鴦」は管野須賀子の伝記小説「遠い声」を書いている途中で得た資料にもとづいた。

幸徳秋水の妻千代子さんが、これほど最近まで生きていられたということは全く思いがけなく、私はそれを聞いた時、ぞっと背筋が冷えた。しかし、同時に、千代さんより若い管野須賀子はもし、三十歳で死刑にあわなければ、今まで生きのびたかもしれないという感慨は悲痛であった。

私は千代さんの心中を思いやる時、須賀子だけ書くのは片手落のような気がした。

須賀子は獄中で、検事から、秋水が千代さんにあてた手紙を見せられ、秋水に裏切られたと思い、絶縁状をつきつけている。獄中の独房から独房への絶縁状で、こんなものは、世界にも例がない。

それほど須賀子は勝気であったとも純粋であったともいえるだろう。この時の須賀子の心中を思いやると私は涙を禁じ得ない。

しかし一方、千代さんの生き残った生涯の長さを思うと、やはりそこには涙をさそわれる傷ましさしかない。

千代さんも須賀子も、秋水という一代の天才革命家に結ばれたために、人の歩まないはげしい運命にまきこまれてしまったのだ。須賀子はむしろ、自分からそれを選びとったのだから死の瞬間まで悔いはなかった。

千代さんの方は見合結婚で、秋水と結ばれ、こんな苛酷な運命に投げこまれたといった方が正しい。これほどの女の悲痛な生を耐えぬき、しかも誰にも秋水の妻とも気づかれず、ひっそりと死んでいったのは何という数奇な星の下に生れた人だっただろう。

この小説の題に選んだ鴛鴦の絵は、実際に高円寺の田中家で見せてもらったものである。決して上手くはないその絵を見た瞬間、私は題が決った。

私の構想では、「遠い声」の中にこれもおさめるつもりだったが、「遠い声」を書きあげてしまったら、やはり、この小説とはいっしょに出来ないと思い、きりはなした。しかしずっと、千代さんにどこかすまないような気がしていたので今度漸くこの中に収めることが出来、内心ほっとするものがある。

小説を書く仕事を選んだため、私はこの世で思いもかけない人々にめぐりあい、様々な珍しい生き方につきあわせられる。ばかりでなく、何と多くの霊魂たちとの交りが始まったことだろうか。

私は、小さな過去帳を需め、その中に彼女や彼の、霊魂の名を書きとどめている。せめてもの私のひそやかな回向の志である。

一九七一年五月晴れの日　　瀬戸内晴美

P+D BOOKS ラインアップ

天使　遠藤周作　●ユーモアとペーソスに満ちた佳作短編集

白い手袋の秘密　瀬戸内晴美　●「女子大生・曲愛玲」を含むデビュー作品集

ゆきてかえらぬ　瀬戸内晴美　●5人の著名人を描いた樹玉の伝記文学集

耳学問・尋三の春　木山捷平　●ユーモアと詩情に満ちた佳品13篇を収録

青春放浪　檀一雄　●小説家になる前の青春自伝放浪記

イサムよりよろしく　井上ひさし　●戦時下の市井の人々の暮らしを日記風に綴る

P+D BOOKS ラインアップ

草を褥に　小説 牧野富太郎	大原富枝	●植物学者牧野富太郎と妻寿衛子の足跡を描く
激流（上下巻）	高見 順	●時代の激流にあえて身を投じた兄弟を描く
貝がらと海の音	庄野潤三	●金婚式間近の老夫婦の穏やかな日々を描く
せきれい	庄野潤三	●〝夫婦の晩年シリーズ〟第三弾作品
庭のつるばら	庄野潤三	●当たり前にある日常の情景を丁寧に描く
早春	庄野潤三	●静かな筆致で描かれる筆者の「神戸物語」

P+D BOOKS ラインアップ

お守り・軍国歌謡集	山川方夫	「短編の名手」が都会的作風で描く11編
天上の花・蕁麻の家	萩原葉子	萩原朔太郎の娘が描く鮮烈なる代表作2篇
父・萩原朔太郎	萩原葉子	没後80年。娘が語る不世出の詩人の真実
筏	外村繁	江戸末期に活躍する近江商人たちを描く
但馬太郎治伝	獅子文六	国際的大パトロンの生涯と私との因縁を描く
無妙記	深澤七郎	ニヒルに浮世を見つめる筆者珠玉の短編集

（お断り）

本書は1971年に文藝春秋より発刊された単行本を底本としております。

あきらかに間違いと思われるものについては訂正いたしましたが、基本的には底本にしたがっております。また、一部の固有名詞や難読漢字には編集部で振り仮名を振っています。

本文中には女優、洋妾、外人、アイヌ人、支那、乞食、バタヤ、未亡人、女学生、女生徒、近眼（ちかめ）、女給、娼婦、片輪、肺病、女中などの言葉や人種・身分・職業・身体等に関する表現で、現在からみれば、不当、不適切と思われる箇所がありますが、著者に差別的意図のないこと、時代背景と作品価値とを鑑み、著者が故人でもあるため、原文のままにしております。

差別や侮蔑の助長、温存を意図するものでないことをご理解ください。

瀬戸内 晴美（せとうち はるみ）
1922（大正11）年５月15日—2021（令和３）年11月９日、享年99。徳島県出身。1973年11月14日平泉中尊寺で得度。法名寂聴。1992年『花に問え』で第28回谷崎潤一郎賞受賞。2006年、文化勲章を受章。代表作に『夏の終り』『白道』『かの子撩乱』など。

P+D BOOKSとは

P+D BOOKS（ピー プラス ディー ブックス）とは
P+Dとはペーパーバックとデジタルの略称です。
後世に受け継がれるべき名作でありながら、現在入手困難となっている作品を、
B6判ペーパーバック書籍と電子書籍を、同時かつ同価格で発売・発信する、
小学館のまったく新しいスタイルのブックレーベルです。

ゆきてかえらぬ

2023年10月17日　初版第1刷発行

著者　瀬戸内晴美
発行人　石川和男
発行所　株式会社　小学館
〒101-8001
東京都千代田区一ツ橋2-3-1
電話　編集　03-3230-9355
販売　03-5281-3555

印刷所　大日本印刷株式会社
製本所　大日本印刷株式会社
装丁　おおうちおさむ　山田彩純
（ナノナノグラフィックス）

ISBN978-4-09-352474-2

P+D BOOKS